自得集

刘克胤 著

Liu Keyin

当代世界出版社
THE CONTEMPORARY WORLD PRESS

自得赋

有同乡建别业于桑梓，取名"自得居"。一日问及"自得"二字是否妥帖，别无歧义，余答曰——

自得乃自然所得，非强装所得，亦非施舍所得、谄媚所得，更无欺诈所得、虏掠所得。自得者，能自尊，能自知，能自足，能自娱。何来不妥帖？何故生歧义？

譬如地位高低，财富多寡，容貌俊丑，言行俗雅；譬如树木花草，虫鱼鸟兽，山川湖海，日月星辰，阴晴雨雪，风云雷电；譬如诗词歌赋，音乐舞蹈，绘画建筑，乃至科学原理，逻辑推理……一物一事，一情一理，自得与否，全赖一心。

不闻世有知可得而自得者，亦有知不可得而自得者乎？知可得而自得，不宜概以浅薄论之。知不可得而自得，则人中智者无疑。

君子坦荡荡，尤以重情义，如何不自得。人知自得者何耶？必言得心宽，得体健，得神安，得天地灵气，得宇宙万物，得人欲得而不可得者是也。

刘克胤

二〇一八年冬日

目 录

第一卷

第二卷

第三卷

第四卷

第五卷

第 一 卷

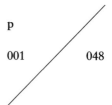

即景

一

远处听雷鸣，霎时天不亮。
高树急摇风，空中鸟乱撞。

二

忽闻打叶声，转向湖中看。
白珠跳玉盘，水花开盛宴。

行脚

自
得
集

一

沿溪行数里，渐觉远尘氛。
巧遇垂竿客，笑言是近邻。

二

山高风易冷，半瓶酒已醒。
日落送归心，宿鸟频相警。

咏桂

一

清宵发初蕊，密叶或遮身。
不必出相见，闻香知是君。

二

无意群芳妒，何劳请画堂。
花开细如粟，胜过牡丹香。

湖边

一

天凉风漠漠，塔影听日落。
得诗赠美人，忽忆千帆过。

二

荻芦生白发，远望浑如雪。
今夜无人来，空怜一团月。

海念

一

有梦遗沧海，千秋永难忘。
扁舟斗恶风，行走浪尖上。

二

白沙润无泥，赤脚喜留印。
海作雷霆语，天边潮有信。

野塘

一

一脉通灵泉，清幽远尘涴。
四时不相扰，天与说寂寞。

二

情知梦难酬，宁为山反锁。
不问风去来，但留云一坐。

鹦鹉

一

舌巧解迎人，市中显身价。
果能避风雨，甘寄屋檐下。

二

受宠笼中物，天怜苦亦深。
寻思学千啭，浪得几时春。

失题

一

重重热浪喧，不觉秋风起。
梦中一场雪，清凉自可喜。

二

中宵人去后，酒醒一灯眩。
寂寞作蛇行，生生咬肠断。

留念

一

青山照碧影，白鹭栖林梢。
一子复呆坐，二人打水漂。

二

拄杖似微醉，轻歌气不衰。
巡山一耆老，荒径讶人来。

甚慰（寄天一）

　　千金美国求学，遇疫情亦坚守，毕业仍暂留求职，吾甚慰；独处久，倍思亲，因学画，复寄归，有《青蛙打坐》一幅，吾甚爱。

一

　　我有一千金，他乡复几春。
　　近来学漫画，独处写童心。

二

　　青蛙停鼓噪，坐禅意修道。
　　身后映佛光，为父报一笑。

竹山坳

一

清寂竹山坳，鸟鸣出翠霞。
芳菲无觅处，幸有栀子花。

二

入云林密密，照影日森森。
老竹怜新竹，不分疏与亲。

樱花园

一

十月小阳春，枯枝发黄萼。
一花白如雪，风中守寂寞。

二

梦断情枯后，花开无恨时。
秋来得天助，复见旧相知。

浯屿岛（组诗）

福建漳州管辖，面积不足一平方公里，岛上居民世代捕鱼为业。

一

遥看海天处，悠悠一抹青。
白云无所事，意与听涛声。

二

瘦影穿闾巷，挑担卖杨梅。
客问浅浅笑，只道漳州来。

三

庭草上阶砌，宿鸟复来归。
林中一老屋，旦夕风欲摧。

四

四望水茫茫，不闻来去路。
还因天眷怜，幽独梦如故。

戏作（组诗）

一

白日依山尽，欢歌趁夜长。
青春逢意气，聚散酒留香。

二

黄河入海流，一路几回头。
遥见泰山寺，思量出兖州。

三

欲穷千里目，复与鸟谈天。
薄暮风来急，枯蓬上树巅。

四

更上一层楼，忽生几多梦。
梦里不销魂，还言天有病。

自在（组诗）

湖南省平江县安定镇白茅塅村景区，名"自在平江度假世界"。2019 年，时近谷雨，乐得一游。

一

漂田共天影，流水自潺湲。
指看悠闲态，人夸白鹭仙。

二

日暮灯初上，蛙声坠爱河。
夜留云一宿，风静梦无波。

三

月出窥窗影，鸟鸣惊夜长。
笑声盈木屋，一醉竹风凉。

四

云下北山阿，新茶绿几多。
杜鹃鸣谷雨，日出种诗歌。

黄河（组诗）

一

穿过万重岭，风月见新裁。
只为看海去，不敢停下来。

二

千年依旧黄，一去愁几许。
海大容清浊，听他吐心语。

三

或逢走不动，也做海之梦。
冰雪冷无情，春风复相送。

四

浩荡开生面，风流下九陔。
濒临入海口，但见愈徘徊。

崀山（组诗）

山脚有索道直达崀山景区最高处。

一

欲览众山秀，直飞绝顶上。
云海数佛螺，但见生无象。

二

迢递云台寺，缥缈入仙境。
风来求德报，菩萨何以赠。

三

仰面一线天，转头触鼻尖。
经由出口处，疑是地行仙。

四

攀摩一日功，回看行无迹。
林间挂夕晖，高鸟归飞急。

竹林（组诗）

风雨经年，吾于树木花草中尤爱竹。每暇出，或孤或群，多访竹林，赏其清寂净雅。然竹贱久矣，苦折山里人家。

一

绿云涨满天，凤尾生寒烟。
风过余清响，雨来滴翠涓。

二

贵贱由人说，身心耐苦煎。
无端恼田父，枯坐一包烟。

三

寂寞浪无边，秋风又一年。
或当诗酒会，月下忆流连。

四

抱节根根瘦，虚心代代传。
一朝泗火海，天地为谁怜。

西安（组诗）

小雁塔

高出参天树，孤立危楼丛。
人来欲谁问，不见长安城。

无字碑

兀立高原上，乃知天地大。
听风亦听雨，人前不说话。

法门寺

香风迎远客，花气亦相从。
不道僧何在，门唯一票通。

终南山

梦里尝来归，今日不得上。
此去托白云，为我多一望。

画像（组诗）

为贪欲者留照，为后继者提醒。

一

自甘为窃贼，同道皆同调。
昼夜奈烦煎，得手还一笑。

二

暗里岂无算，神前亦假面。
明知是深渊，欲罢还复念。

三

六月走火龙，梦中犹喊冷。
微风入户来，夜半复惊醒。

四

一朝落囹圄，哭生还哭死。
羁鸟号长夜，何似哀之子。

杂咏（五十四首）

寄梅

天寒兼路远，有客恨来迟。
卿作他人妇，寸心谁复知。

立春

一路行何苦，东君不误时。
江边花未醒，复报柳先知。

经秋

世路欺行脚，江湖误壮心。
余生一杯酒，不复听时闻。

致酒

多情原自苦，天地不关心。
夜夜独斟酌，何期恕醉人。

久等

昼长似水凉，久等人不至。
斜日苦相邀，出门问花事。

初愈

旬月病虽除，天怜肠已枯。
春醪新涨价，还饮一杯无。

听蝉

蝉鸣急促，颇似一声一声"罪——呀"。

难捱暑气蒸，转又怨秋风。
不死还拼力，凄然了一生。

访寺

日落桃花寺，风吹俗世情。
住持待茶饮，笑我是同庚。

说剑

江河伤泛滥，风雨哭乾坤。
一把屠龙剑，夜深削菜根。

插田

白发两翁媪，黑布斜襟褂。
赤脚插漂田，绿秧手中把。

注：2017 年孟夏湖南永州江华瑶族自治县所见。

问梅

野旷绝形迹，日埋天不开。
孰闻君早秀，径自为何来。

说痴

春红能几时，苦恨人不知。
梦里杳难即，醒来还说痴。

观棋

有口不能言，搔首复搓手。
急出一身汗，面赤似中酒。

问琴

高山空有恨，流水绝音尘。
不忍弄时调，何为自苦心。

相思

春归因醉酒，日落苦牵肠。
不与吐心迹，山中复冷藏。

卖痴

雨霁风初静，群芳意索诗。
寻常一壶酒，能卖几多痴。

何堪

一别伤心肺，十年泪不干。
三更梦易醒，相见情何堪。

林中

芳径草深深，林中昼欲阴。
空知人已老，还复野花心。

不见

蒹葭皆白首，水瘦复凉秋。
雁过无消息，梦知天亦愁。

费解

野鸭喜成群，行止不相弃。
梦中白鹭仙，偏偏好孤立。

情痴

相见恍如梦，归来欲赠诗。
孤灯还一笑，苦莫作情痴。

相约

相约山中去，晴光几日催。
不怜人易老，但念春复归。

断魂

情书无一字，但见旧啼痕。
灯下复斟酌，唏嘘欲断魂。

天涯

一统危楼里，人人各顾家。
相逢不相识，门外即天涯。

情话

秋风午夜雨，往事一杯茶。
多少痴情话，瘦成野菊花。

小径

小径问蜻蜓，竹林路几程。
蜻蜓醉日落，转问稻花风。

江游

向晚意如何，随风逐逝波。
秋江红似火，酒载一船歌。

桃源

欣欣夸美景，意下不虚言。
酒醒一场梦，临风复怅然。

斑竹

心中无限恨，付与水流东。
满面泪如血，谁劳一洗空。

木棉

南国因初见，痴心苦到家。
近来频入梦，无奈隔层纱。

渔村

清宵幽梦里，寻访一渔村。
居者皆无后，长年怕见人。

芳事

红叶赠诗笺，青霜直问天。
时违心已冷，芳事复何言。

下吏

肉身非铁打，风雨易消磨。
夜醒泪湿枕，孰闻恨几多。

送别

上下五千年，沉浮自在天。
江湖埋姓氏，一去托神仙。

雨后

雨过江流急，山青何处鸠。
空亭茶一罐，风起似惊秋。

山行

晴光十月天，欲上白云巅。
野菊复迷路，还来抢我先。

芳草

青青芳草生，心事谁明了。
若使秋风怨，何如一夜老。

林叟

风高近岁暮，天冷要柴烧。
坐等无良策，清宵磨快刀。

蚊蚋

天下须宁日，暗中起祸心。
不闻秋瑟瑟，犹自去来频。

矿难

幽冥隔天日，巨响埋深渊。
风过打寒噤，青山秘不宣。

野寺

山晴云彻净，径仄菊摇风。
午后人长困，空留鸟自鸣。

礁石

悠悠亿万年，幸与海相遇。
兀立听风涛，何曾吐一语。

人心

一生猜不透，枉自费清昼。
夜起望苍穹，欲言复垂首。

独臂

薄暮阴风起，路人时不知。
林深多恶虎，独臂欲何施。

午后

读书至眼昏，赤脚出家门。
忽遇倾盆雨，不妨洗劫身。

春恨

春流去不回，梦醒复衔杯。
心共花憔悴，谁来扫劫灰。

镜像

青山遭累劫，白雪照颓颜。
对面不相认，转身谁与怜。

夕照

青衫白发翁，坐看芦花荡。
夕照渐生寒，鸟归风鼓浪。

渔夫

扁舟归绿浦，小凳作高台。

无事摊书卷，听风裹雨来。

江亭

江亭风欲静，江水自心声。

笑看千秋月，樽前照更明。

流萤

仿佛天上星，夜来即点灯。

野风吹不灭，相约守长更。

白鹭

行止各悠闲，晴光不羡仙。
洁身无重负，来去水云间。

麻雀

黄云起阡陌，远近喜相闻。
日日来光顾，不劳问一人。

归鸟

薄暮不归宿，相逢得一闲。
池边枯树上，众鸟乐喧天。

第 二 卷

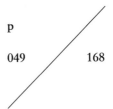

p

049   168

空想

方过青春驿，即闻天下秋。

有子诚邀我，同车自驾游。

日行三百里，随意且停留。

遇山闲看山，临水乐寻鸥。

前途原商定，何故笑朋俦。

开假不宜假，进退一时愁。

空想逍遥客，岂为稻粱谋。

终奈情不忍，复归作楚囚。

园中

豆角挂树上，小葱聚墙边。
苦瓜一身坨，丝瓜爱光鲜。
芫荽刚破土，白薯犹贪眠。
子姜妄言辣，青椒笑翻天。
南风凉爽爽，蜂蝶舞翩翩。
造物尽其美，二老理福田。

世风

茫茫何所顾，浊气四时熏。

独醉名与利，鲜不昧良心。

烂絮藏其里，金光耀其身。

迎面逢冤鬼，漠然置罔闻。

唯己尊至上，目中无亲伦。

敲骨当柴火，拔毛造寿衾。

殷勤劝守节，未知果是因。

理屈气还壮，声高勿由人。

胆敢灭天道，公开辱众神。

浮生寄一世，罪孽自难陈。

今我枉怀忧，清宵作苦吟。

群英废寝食，但可使清淳。

偶遇

园中，野蜂、青蝇像两位绅士分坐一白菊左右，安然自得，静享秋光。

白菊金光照，十月情满园。
和风拂笑靥，馨香迷醉仙。
同道不必请，相知心更欢。
待见何须问，共席开秋筵。
蜂独爱清赏，蝇自品安闲。
世上多奇趣，悠悠看大千。

临镜

一

镜中人还笑，枯鬓似秋蓬。

方过青春驿，何故竟劳形。

念少既能学，书山常远行。

拼力顾温饱，稼穑夸老成。

年岁及弱冠，世事始洞明。

虽难言大智，还辨浊与清。

寒暑宁无恨，意下念真经。

毒酒若甘醴，却之不敢停。

茫茫天地间，私情谁可凭。

浮生有终日，前路问几程。

二

两鬓芦花色，镜中是何人。

天庭生沟壑，面目尚可亲。

我年知半百，君年复几春。

今日能得闲，还请共一樽。

世道多凶险，行藏皆误身。

相知莫恨晚，乐与结芳邻。

同出亦同入，同步且同心。

互赠有佳句，胡为堕风尘。

别离

二弟克权，2002 年夏遇车祸身亡，时年 31 岁。

碧空响霹雷，山川欲断魂。

青春如磐石，忽倏若飙尘。

白头送黑发，高堂失哀吟。

昼夜徒枯坐，唏嘘痛乡邻。

晴儿三月满，襁褓柔弱身。

蹒跚学步始，何处承父恩。

叶子二十二，前年刚过门。

憔悴泣无力，一朝雨绝云。

放眼乾坤大，同胞兄弟亲。

但各为生计，见时少殷勤。

幽冥隔天日，有梦不留痕。

漫与说来世，害我苦清樽。

孤舟

江湖使人愁，无处见安流。
纵然识水性，毕竟一孤舟。
铁臂莫敢停，沉浮失春秋。
险遇百尺浪，生死两不由。
客子闻悲戚，泪雨复难收。

示儿

雨后听秋蝉，为父醉欲眠。

援笔留数语，请得语中玄。

顾汝十五载，苦乐在心田。

不期成大器，但求闻道先。

红颜雪易消，白日梦难圆。

迟暮惊回首，始觉膏火煎。

人生恨如寄，鲜见一百年。

常思己有错，怨怒勿由宣。

勤使体康健，福寿保两全。

荣利身外止，得之顺天然。

万物固其性，折毁必招冤。

万事因其理，违拗必还原。

待添十岁长，再看示儿篇。

吾儿微颔笑，灼灼真人言。

勉儿

挺身猫似虎，俯首蚁如牛。

甘苦能知味，输赢不解愁。

雪山去尘虑，浊世见清流。

夫子

夫子聂鑫森，居湖南株洲，编辑，作家，省作家协会名誉主席，出版诗歌、小说、散文等著作数十种。

夫子筋骨壮，闹市隐其居。
南北见情性，三湘尊鸿儒。
十六谋生计，劳力不遗余。
闲暇操翰墨，狂览百科书。
新诗雀声起，小说摘明珠。
老来情更炽，斗室添新娱。
字画成一体，标高格自殊。
品茗天下水，问酒洞庭湖。
我与老夫子，相识某年初。
今宵缀此篇，无意搬亲疏。

夜宴

今生逢盛世，九州竞风流。

酒肉穿肠过，南北斗朋俦。

声高掀巨浪，所为几时休。

圆桌干瞪眼，红毯复还愁。

夜长谁枯坐，相邀入画楼。

暗室盈春色，且作梦中游。

生死云霄外，一刻合三秋。

未闻天有病，漫道人无忧。

弃婴

某晚，院中散步，保安告知树墙边两包裹，疑人弃婴。遂与往，移至西门值班室，并报警。

十月怀胎苦，弃之若浮萍。
谁家遭变故，竟恶添此丁。
或母不得已，未敢暴隐情。
或父不担责，无养一身轻。
敢问为哪般，终日但营营。
纵然亲骨肉，亦忍见飘零。
草芥又何罪，当春乃发生。
蝼蚁也有性，佛灯照分明。
穷究枉折寿，莫如诵心经。
人人种福田，天下享太平。

某公

某公方及壮，花发似暮年。
弃官归桑梓，世人谓痴癫。
白日常枯坐，清宵竟不眠。
既忧天下坠，亦恐地沉渊。
客与某公见，凿凿信真言。
君未闻其详，焉知性乃偏。

渔民

水瘦江面窄，堤岸露脚跟。

卵石竞懒散，落日尚余温。

两个少年郎，操外地口音。

劳力有时日，随亲做渔民。

赫然吊单裤，腿杆似酒罈。

袖筒齐肘卷，棉袄半开襟。

笑我光脑壳，得意是乡邻。

漫谈多鳞介，香烟谢频频。

犹自夸水性，名扬蒲柳村。

只此无长技，好歹任浮沉。

归来余感慨，饱暖我昏昏。

诗书穷皓首，起坐浪斯文。

终年赖食俸，久已忘耕耘。

弱不禁风雨，还怨力难伸。

灯下凭谁问，伏案写素心。

智者应理会，天地滥施恩。

矿难

1980 年代至 21 世纪头十年，各地矿难时有所闻，一些地方为免责或减轻问责不惜瞒报甚至不报死亡人数……

轰隆一声响，日没晦无光。
壮汉十七条，悉数罹祸殃。
活着不露脸，死了还要藏。
些小州县吏，报喜不报丧。
睁眼说瞎话，公然昧天良。
八个暂且瞒，九人算重伤。
传媒亦配合，知情勿声张。
闪电理善后，噩梦怕夜长。
草民多自轻，毕竟好商量。
用钱封口舌，远胜两堵墙。
问责鸡毛掸，贼子乱朝纲。
保住乌纱帽，行坐复周详。

同窗

家住北山坳，辍学事农桑。

拼力为生计，经年复神伤。

今次逢中秋，得信我返乡。

携妻前厅立，言事讨商量。

大女即学成，前路似迷茫。

所学能致用，心宽方致祥。

看我夫妻俩，穷老无所长。

鞠躬拜阿叔，横竖肯帮忙。

但求中好运，世代披荣光。

莫袭父母命，寒暑愧高堂。

语毕转身去，不等我开腔。

净遗墙边物，鸡蛋满竹筐。

且出急呼告，答曰误赶场。

兄弟未嫌弃，将与谢同窗。

异类（赠陈行甲）

　　陈行甲，1971 年生，湖北兴山人，湖北大学理学学士，清华大学公共管理硕士，曾获"全国优秀县委书记"称号，2016 年自湖北巴东县委书记任上辞去公职。

双目若无瞳，镜烛皆白费。
方寸恨蒙尘，天地又何罪。
物欲冲霄汉，人伦陷污秽。
日日逐蝇归，谁能识真味。
有子恶同流，时闻称异类。
夜深我独坐，扪心复惭愧。

自省

且莫以为怪，偏作假病吟。
吾辈守法纪，罪孽同样深。
偶尔能自省，强比人中君。
沦落猪或狗，良知复何存。
文案束高阁，草野费谁心。
美酒日必饮，开怀我至尊。
出行多高调，左右密如云。
风雨在窗外，寒暑莫当真。
终生得厚泽，名为公仆身。
方寸非本色，未觉失常寻。
俨然从天降，如鹤立鸡群。
开口夸盛世，炫富耻道贫。
山川共妩媚，四季报佳音。
财源滚滚来，遍地是黄金。
遑论居无屋，休言食菜根。
恐违圣明意，只字未与闻。
念兹恨惭愧，一朝任直陈。
不愁头半白，但求稍安神。

李白

春秋笑生死，神鬼知去来。
时人惊谪仙，世代仰天才。
仗剑游八荒，骑梦上九陔。
寄意歌千曲，焉能不释怀。
风雨长相忆，江山谁复哀。
万古留形迹，诗酒两无猜。

祈愿

大地即回春，一年又履新。

但求抒胸臆，慰我独吟身。

喜见田中汉，犹沐先祖恩。

时令忙稼穑，岁入有余存。

城乡不闭户，远近结芳邻。

人人得其所，四野无流民。

子女尽获教，勿敢辱家门。

老者乐长寿，晚来享天伦。

公仆知廉耻，寒暑细察巡。

奋力开正道，终岁守坚贞。

生时莫苦短，昼夜有好音。

山高水长流，无处遗垢氛。

方竹

2018 年仲春湖南省溆浦县龙潭镇山中得见——
拇指粗细，节上有刺，短而硬。

世上有方竹，闻之以为奇。
未能得一见，余心复存疑。
某日机缘合，兴高讵相违。
近观犹仔细，哪怕逾千回。
抱节节生刺，中矩不中规。
时宜夸正直，谁与论尊卑。

檵木

檵木，常绿灌木或小乔木，生长缓慢，枝叶可提制栲胶，子实可榨油。花和叶、茎可入药。未经品种改良者，春天开花，浅白色，无嗅。

淡泊能守志，不材不乞怜。
花开去香艳，羞作桃李喧。
炎凉诚无患，风雨定有欢。
可请立庭院，可以遗山间。
日月何所弃，天地何所捐。
沧桑话千古，默默结生缘。

种竹

南坡本无竹，请种三五根。

经夏不糜萎，遇春当发新。

数年未理会，举目已成林。

扶摇指霄汉，反客成主人。

悔为失删间，草木覆其荫。

或逼竞赴死，或饶将残身。

此病任狂滥，四野安不闻。

应违当时意，何奈一苦心。

枯荷

碧池摇倩影，骚客著名篇。

夏日一何盛，流光不夜天。

众芳皆失色，百草徒汗颜。

盼顾生辉熠，含情若自怜。

野蜂以身许，浪蝶信良缘。

朝露呈美玉，晚霞织新绢。

莫待秋风老，诸形化紫烟。

无言谁复返，时过境乃迁。

得官

时逢 2013 年任湖南省株洲县县长。是年 7 月抗洪，8 月抗旱，10 月扑山火。人言多事，我谓耐磨……

面壁思身世，灯下说当年。

逢时官县令，安得侍清闲。

七月斗洪魔，五日故少眠。

八月遇大旱，心焦苦相煎。

火情忽来报，驱车夜入山。

虫豸和草木，个个实堪怜。

黎民每问事，未敢出诳言。

请坐复请茶，边听边递烟。

鳏寡孤独疾，横竖记心间。

诸节亲抚慰，唯恐失周全。

今我五十三，劳力任猜嫌。

瘦臀和细腰，会海闻久淹。

朱颜暗中换，穷途奈延绵。

调养不得法，呜呼一命玄。

沉吟至深夜，怅然觉鼻酸。

春秋各生死，天地谁圣贤。

知了

天资难比鸟，犹自争乖巧。

吟月少清音，追风多滥调。

林荫云莫测，世事谁通晓。

唱尽繁华后，一生知草草。

壮游

时年病已除，腿脚应无虑。
我固适炎凉，天然生意趣。
深秋始壮游，白发多奇遇。
恶虎复归心，远山何所惧。

梦境

众芳皆憔悴，大木不留皮。

蛇蝎横四海，通衢露杀机。

六畜遭瘟疫，玉身委烂泥。

白昼一桶漆，空中闻鬼啼。

夫妻多反目，儿女恨流离。

老者遗于野，生死未有期。

挥泪复长叹，醒来复存疑。

但见天如洗，星月两依依。

携游

秋风起林壑，白日开生面。
安步身自轻，穷途腿无怨。
回头笑路障，及顶观天险。
福也难双至，祸焉宁复返。
四时转法轮，谁个计屯謇。
加饭强体魄，贪杯远群宴。
诗书留万古，山水舒长卷。
君子携与游，殷勤相劝勉。

江畔

月圆秋凉夜，清光送流水。

江畔独斯人，枯坐暗垂泪。

种瓜不得瓜，但恐荒年岁。

枉自劳心血，朝夕成怨鬼。

听我吐真言，谢我剖肝肺。

起身向天笑，回头复长喟。

微躯耐风雨，强似一芦苇。

更深招迷魂，何如早酣睡。

偏居

流云不寂寞，高天指路程。

驱车两百里，方外埋姓名。

手机电视机，昼夜请关停。

耳目远纷扰，心静一身轻。

豁然乾坤大，往事付长风。

自顾城中客，幸免浊气蒸。

阴晴随日月，山光通性灵。

兴高水亦酒，私下比仙翁。

闭门何所意，朝夕诗和经。

出门何所得，万物喜相迎。

吟啸皆由我，进退藉平生。

形影知怜惜，不必傍人行。

悯农

某岁天多阴雨，时过夏至早禾仍不抽穗。

是年多豪雨，连绵两月余。

阴云迟不去，愁眉苦不舒。

早禾误时令，长夜梦有无。

今岁逢大乱，谁敢问前途。

四邻命相近，勉力顾亲疏。

天公知怜惜，空腹寄何如。

悯树

深山藏大树，远望凝碧烟。

华冠遮风雨，往来皆神仙。

岂料遭不测，挟持看桑田。

老根留一尺，虬枝断齐肩。

甚或皮开裂，未死先含冤。

前途凭谁问，欲哭泪无捐。

莫知其所以，千城造林园。

劫匪具慧眼，待价沽斗钱。

园丁有高手，爱心独相怜。

纵然营养液，亦如膏火煎。

难保十者半，苦境结生缘。

长夜闻长叹，复念情何堪。

悯鸟

造城何太急，智者费心机。
强圈三万亩，一夜令平夷。
大小皆佳树，幸存又几希。
可怜百家鸟，个个恨流离。
危楼冲天起，试与星月齐。
但见流云笑，孰闻苦苦啼。
风雨闹乾坤，生死话凄迷。
佛祖在何处，任尔命相欺。

浪言

红尘滚热浪，利欲熏肺腑。

地球成泪眼，众生在歧路。

多少聪明汉，笃信工商贾。

几个后来者，还识禾与黍。

牛奶强体魄，肉糜知果腹。

云烟不可餐，金玉焉能煮。

口吃夸文明，天高崇技术。

都不理桑麻，出入无完裤。

膏以火而明，人以智而误。

豹身窥一斑，皆一叶障目。

夜歌

皮肉世所好，筋骨值几钱。

微躯略偏瘦，行藏自见怜。

无药能医梦，何事难得闲。

明心独爱月，时病赖谁言。

风摧林中秀，一年又一年。

发歌在深夜，酒醒好参玄。

落叶

身世寄飘零，夜半问秋风。

天高何所倚，水上能几程。

雨中心易碎，泥涂葬残生。

辗转愁如海，宁不防火星。

他乡闻谁识，但见冷冰冰。

无望归根柢，复请恕绝情。

弃田

先祖开良田，稼穑两相欢。
千秋命根子，子孙代代传。
一朝忽空置，四季任其闲。
荣枯皆杂草，昼夜向谁言。
税赋诚已免，今夕非旧年。
农夫犹苦笑，不肯道辛酸。

作孽

田父四十九，两鬓披冷霜。

皮粗比松干，面黑似烟墙。

祖居在山坳，旧岁建楼房。

虽则莫何奈，拼死还得扛。

细崽二十五，今冬娶新娘。

香火无赓续，但恐负青苍。

诸事皆齐备，喟叹怎个长。

闻之欲垂泪，我心复悲伤。

老夫知天命，游宦在异乡。

肉身百来斤，春秋为甚忙。

少时急温饱，今日免农桑。

未敢鄙禄俸，谁念寿而康。

临川

秋风起原野，落日照参差。
独坐一江水，冷暖两由之。
何事添憔悴，昼夜复驱驰。
生涯有遗憾，春去空自知。
朝为夕所寄，伤心在几时。
千金无买卖，造物不营私。

追慕

书不分古今，食不厌粗细。

追慕在圣贤，坐卧常相忆。

之子少送迎，自言有洁癖。

澡雪以修身，久功为上计。

秃笔写锦心，梦中种桃李。

死宁劳碑铭，所幸谁知己。

入世浅或深，白发无秋气。

忽倏一百年，含笑共天地。

高处

俯身揽流云，侧耳闻天音。

重开千里目，众山若几寻。

但恐多不测，四围万壑深。

风涛任激荡，寒气固相侵。

失足成往事，来者复殷勤。

苦心何所异，莫与论古今。

登楼

有楼名天下，欲上最高层。

人流如斗蚁，心急似旋风。

只为留张影，花销半日功。

破费由自可，归去吐苦衷。

谁能免此俗，独酌一壶空。

神思接万里，碧霄会苍龙。

幽居

世事岂能料，不烦空劳神。
耻做亏心鬼，哪来祸惹身。
独处寻佳句，闭门屏杂音。
长年有清梦，闹市远嚣尘。
温饱既知足，羞言富与贫。
安步以当车，出入同欣欣。
无酒水亦好，敝帚且自珍。
死生此中意，朗朗一乾坤。

养生

劝君听我道，莫替古人忧。

一张单程票，百年是尽头。

肠胃遵时节，萝卜当泥鳅。

善饮三分醉，饱食七分收。

嗜欲空多病，洁身方自由。

风起云变态，瞬息或相雠。

有恒即无悔，时不待绸缪。

诗书解寂寞，微躯复何求。

西施

越女名西施，千古共所知。
浣纱在溪边，宠爱固来迟。
一旦蒙君恩，万民诧妍嫱。
劲夸倾国色，苦拟抒情诗。
多少良家女，对镜怜玉姿。
艳羡其何奈，夜深难自持。
天怜终憔悴，非关雨露滋。
春归谁返顾，秋去命如丝。
幸托有厚薄，忧乐不同时。
百年长亦短，阴晴莫片辞。

事农

全家忧生计，天才亦蒿藜。
能挣三餐饱，方不比人低。
兄姊排排坐，年长得先机。
持躬尽余力，凡事莫能欺。
进山伐柴薪，下地执锄犁。
四时无闲日，哪捡东和西。
偷懒小把戏，撂担怕离题。
朝夕看天色，风雨总相宜。
早禾起黄云，节令拼死催。
抢收还抢栽，二者莫相违。
置身水田里，厚薄脱层皮。
背似赤火烧，脚如沸汤随。
倘遇情更急，空腹过午时。
虽说捡一命，但气若游丝。
劳亲不误子，从严驯顽痴。
回念苦中乐，处处藏真知。
辛勤理稼穑，万世念在兹。
儿孙且欢喜，看我拟旧诗。

感怀（三首）

一

心中无鬼魅，何事不能言。
言之谁又听，人各顾目前。
生营终一死，昼夜膏火煎。
竞逐惹是非，几时乐得闲。
钱多枉劳命，权重居少安。
世情乃如此，哀哉莫怨天。

二

君子重然诺，扪心岂无愧。
种瓜不得瓜，春秋请恕罪。
天地何悠悠，万物知敬畏。
区区五尺身，难比尘埃贵。
变故在须臾，清宵惊梦寐。
形影自相怜，有酒即相慰。

100

三

非理我不言，非法我不从。
盗泉我不饮，恶木我不通。
胡为昼与夜，孤心复忡忡。
未知老将至，此情何所终。
万物有代谢，悠悠水长东。
春秋各滋味，岂止在枯荣。

真味

非是酒中人，不知酒中味。

几家锁愁眉，夜深竟难寐。

或拒勿沾唇，开口即惭愧。

或饮乱行止，举杯必烂醉。

未离执末端，谁能证其伪。

还请进一言，智者当理会。

美酒如美色，何苦受其累。

百年驹过隙，徒然望项背。

独饮

年少即饮，犹好烈性酒；往来应酬，最怕群
而斗。

壶中天地阔，日夜放光芒。

世上凡几物，能比酒芬芳。

老夫耐清静，群饮少登堂。

登堂多怨鬼，苦水浇祸殃。

兴来邀孤影，二两余味长。

无须斗气概，无须讨商量。

唯辣情更炽，不辣不主张。

辣透方解颐，汗出脱衣裳。

生前好一口，死后免凄惶。

百年有滋味，独饮益健康。

恕醉

酒杯虽觉浅，古井未及深。

语出无伦次，且莫穷本根。

是醉还非醉，是非存一心。

若信真亦假，谁怕假还真。

来去匆匆客，过眼似烟云。

饮者只为饮，方为饮中君。

高人

好饮且善饮，方能称高人。

无须再三劝，不必霸蛮筋。

佐菜更随意，何论素与荤。

半斤恰一口，二两才湿唇。

餐餐不可断，天天念此君。

不饮肌无力，两眼昏沉沉。

病来医莫助，饮之即精神。

谈笑自如故，步履稳而匀。

但莫以为奇，或言置乱闻。

我家五公公，饮中存一心。

八十三岁去，一脸笑吟吟。

弃饮

蒿莱一春秋，松柏上千岁。

人生有长短，善哉怜我辈。

汲汲以求荣，未必知羞愧。

欣欣以求利，至死误聪慧。

世情但如此，放眼看宇内。

闻谁还独醒，醒来不复醉。

长计

行坐无长计，如何才是好。

村野觅知音，林中采古调。

忽忽竟三年，痴情非草草。

清泉出云岫，神思未枯槁。

有作且示人，所闻皆称道。

虚名伤早夭，心宽只一笑。

四十才学步，五十还言少。

六十比春花，七十健行脚。

天赋有高低，性情无拙巧。

些些长短句，或能解襟抱。

御寒

怎比邻家子，围炉怨天寒。

农父忙活计，躬身在园田。

厚衣嫌累赘，轻装任体宽。

风起仍不觉，头顶冒浓烟。

忽见我含笑，对面问高年。

皓齿生辉熠，朱唇吐真言。

今岁六十九，岂敢学清闲。

清闲伤筋骨，命贱知一端。

治蝗

2011年4月下旬，受持续高温天气影响，新疆草原蝗灾肆虐，北疆尤甚。除去大型机械喷洒农药，各地更注重生物治理，养鸡灭蝗见奇效。

西北又遭罪，千里虐蝗灾。

焉能寻良策，群鸡遭公差。

眼睛似利箭，一口一尸骸。

长驱虽劳力，体壮气不衰。

旬日获全胜，鸣金欲徘徊。

造物真高手，天下无废才。

牧民奔相告，牛羊复归来。

草原许愿景，格桑花长开。

游宦

古人为官甚苦，今人自有不知。

竟日驱车走，祸福实难分。
稚子如丧父，妻妾苟承恩。
热肠遇冰水，寒气忍声吞。
俯首尊高祖，甘心作小人。
得幸获荫庇，主公最劳神。
跪谢一生短，眷念须殷勤。
时值风雷劲，堂坐非旧闻。
诸事从头越，苦绝不堪吟。
世上多歧路，迷此失本真。
终归何所得，老病竞缠身。

极旱

2009年秋至2010年春，云贵川渝等省旱情愕然惊世，云南尤烈，百年一遇。

西南有干旱，灾重惊四方。

地裂深盈尺，井涸陷泥床。

苗枯知惨痛，鱼死怨暗伤。

最苦人与畜，缺饮何凄惶。

我寄湘东侧，心忧固难藏。

设台在水边，对月点高香。

仰头向天问，此恶可计量。

欲哭天无泪，独言罪难当。

古镇

千秋照日月，山川美绝伦。

梦里曾相访，留醉惊时人。

一朝驱车至，报以拳拳心。

欲赠诗几首，往来供朗吟。

终究何所见，终究何所闻。

田园多荒废，渔樵空四邻。

新屋如栉比，旧迹概无存。

百米麻石街，瑟瑟将残身。

荒村

独行四五里，终于见着人。

二孩地上坐，应是黎家孙。

娭毑出将来，双手搓围裙。

言壮之南粤，屈指有三春。

逐户还细访，大多同此音。

周遭复勘探，黯然伤我神。

果园杂树密，菜地茅草深。

野禾存余怨，老田蓄苦心。

书声朗朗去，犬吠奢与闻。

勿解其中故，十年变荒村。

归乡

还我自由身，天地一时秀。
新居既落成，可望百年久。
屋后青山在，门前不植柳。
四季爱分明，园蔬见忠厚。
往来何所意，远近寻嘉友。
相谈无是非，但妨留浅陋。

访梅

久未登高去，前功或已亏。

鲜闻腿还怨，只觉意多睽。

革履踏香雪，衣袂拂清辉。

惠我亲亲客，疏影紧相随。

亭坐望城中，幽思忽远飞。

赧颜对天地，方寸知细微。

平生何所异，终岁何所为。

情深苦劳命，木秀风欲摧。

世间存至理，迷途胡不归。

炎凉乱时节，老病徒伤悲。

好梦容易醒，逝者恨难追。

今宵聊自得，独醉一枝梅。

赠诗

花开花又落，时节急如流。

谈笑对天命，风雨任悠悠。

粗食惯藜藿，布衣随宽柔。

冰霜侵两鬓，莫如一光头。

县长责何重，知耻远愆尤。

本业非精进，退避归林丘。

乾坤照肝胆，筑梦倚良俦。

寒暑频往来，春种望秋收。

德厚人皆敬，岂待让王侯。

血性自难改，朝夕何以羞。

大道信至简，无奈风马牛。

神思邈八极，明理习穷搜。

日走五公里，健身亦祛愁。

老壮贵童颜，兴会上层楼。

间时有小聚，移步止山陬。

三盏更五盏，群仙同气求。

116

抑或独斟酌，清宵月如钩。
随影起歌舞，闲情寄远鸥。
烟云皆过客，宇内谁同舟。
善哉诸君子，今赠诗与谋。

老妪

近郊一老妪，身体早伛偻。
初视残而虚，实堪比强弩。
今岁六十七，丈夫已作古。
守寡四十载，养大三崽女。
有目刚识丁，终生未离土。
仅存地两分，欢喜亦辛苦。
所种皆时蔬，天人竞宾主。
下请有家肥，上免毒药侮。
食之焉能尽，且安城中釜。
申西挑将去，刀枪莫敢阻。
问妪何致此，理当轻自辱。
闻妪回我言，木然久无语。
年高行还健，耻待崽女哺。
崽女亦何易，常年侵风雨。
可惜明年春，再来非旧圃。
楼居恨头晕，出门即迷路。

118

鱼市

市声如鼎沸，四季乱纷纷。
众人各无异，一子独伤神。
早起整冠戴，晚归解衣襟。
洗干两吨水，还嫌不堪闻。
性本爱清洁，未免浊气熏。
难为远此境，终归污秽身。

绕行

东郊一院落，昼夜强护卫。

里外三重门，狼狗爱狂吠。

路人闻胆怯，谁敢轻理会。

明心记绕行，深思知戒备。

世情潜悲辛，岂由蒙尘昧。

智者多自勉，半途安能废。

朝夕经风雨，春秋品真味。

回首酒千盅，此生应无悔。

中岁

春风千里足，秋水一头梭。
生命日煎迫，素颜奈几何。
经年徒壮志，午夜起吟哦。
不道梦已醒，难为出网罗。
诗能解郁结，酒自消沉疴。
行役虽知苦，空山苦更多。

独步

不为物所羁，安得春常驻。

百年付湍流，万里容独步。

高低寒暑侵，横竖风雨阻。

贫病或交身，穷通无定数。

生岂问前途，死焉闻悔悟。

日暮当瓢饮，区区罪可恕。

劝勉

暗娼行大道，兰桂失馨香。

时病闻天下，几人乐未央。

异代或同调，语焉能不详。

南北何所见，信口问街坊。

谦谦诸君子，泠泠冰雪肠。

贞洁固难守，焉能苦自伤。

蜡烛

寂寂一生久，谦谦何苦心。
得引耿耿亮，未知是祸因。
但求戛然止，郁郁不由身。

微言（组诗）

一

午夜激风雷，九州惊梦寐。
春来旋又走，但为驱驰累。
炎凉欺心眼，难得识真伪。
猛然一回首，诸事终未遂。
有舌尚能言，些些自理会。
任诞非诳人，与君剖肝肺。

二

圣贤语谆谆，独善奈无计。
生死谁明理，行藏多不义。
贼指鹿为马，祸心当儿戏。
人怀千岁忧，但管同流弊。
果能起一声，终因世所溺。
微言还复言，委实情难已。

三

微躯堕红尘，是非一张嘴。
世人常叹息，或闻夜难寐。
毒从其中入，老病空垂泪。
祸从其中出，终归要赎罪。
天地均不语，往来知敬畏。
桃李又何为，千古听教诲。
肉身无再造，衣食防冻馁。
寡言能添寿，朝夕聊自美。

郊游

金乌栖身暖，野风贴面亲。
出城二十里，阡陌候知音。
菜花切切意，蜂蝶拳拳心。
闲田草竞绿，远树鸟嬉春。
念此一生世，难为抱朴真。
开眼误时令，入耳多乱闻。
今日安所在，醉卧杨梅村。
潺潺东溪水，悠悠九天云。

长冲

城中值蒸溽，朝夕少参差。

况且浊气重，无处共荣滋。

莫讶今何往，早起复言迟。

驱车非远道，不得损腰肢。

闻汝亲山水，闲暇亦能诗。

失礼未先约，有缘正此时。

东山

幽径八九里，夜深梦引路。

云中闻鸡犬，时人未知处。

天开鸟鸣欢，道高树中树。

居者六七家，绿荫绕绮户。

世袭渔和樵，欣然朝与暮。

风雨自去来，春秋悉礼数。

早起拜神旨，驱驰浑不顾。

笑问客何为，相偕品清露。

旧事

一

流光去无悔，节令又秋分。

犹念些些事，传媒悉与闻。

西野奈长旱，东原哭乱云。

沙尘暴千里，海啸高万寻。

商贾话亲善，临事意不仁。

动车恨追尾，影像苦其真。

溺水徒自救，下水任浮沉。

井盖知反省，一时存祸心。

彩旗多见识，霓虹四季春。

空楼藏怨鬼，陋巷聚流民。

美酒开口笑，远近有嘉宾。

醉歌迷昼夜，日月同欣欣。

些小州县吏，城府九重门。

但夸争朝夕，愧颜对子孙。

130

二

一时多乱象，春秋恨白头。

贼心掀浊浪，戾气竟无休。

才遇毒奶粉，又闻地沟油。

真医售假药，人命视蛞蝼。

禁火连三镇，林鸟失清幽。

田土铬污染，积水泛酸馊。

江湖多不测，悲风覆扁舟。

往来谁豁达，相约上层楼。

访贫

满城花簇簇，漫天雪纷纷。
年关逼时紧，带队去访贫。
车辆才停稳，二老迎出门。
忙言谢政府，鞠躬表感恩。
进屋还细看，两室只容身。
十多平方米，四口一家亲。
杂物狠劲挤，蛮横不让人。
白昼如寅卯，伸手五指云。
电视巴掌大，得缘旧翻新。
铺盖似铁板，辛酸刺鼻熏。
但问食无虞，答曰难见荤。
或遇妻发病，强为嚼菜根。
穷愁何止此，更待告与君。
拜托莫外传，亦免当丑闻。
两男少学教，而立笑流民。
岁入唯果腹，哭钱论嫁婚。

132

虽女频相顾，日久终必分。

先祖岂可恕，怆然断子孙。

庙堂请明鉴，底层苦犹深。

所陈皆所见，句句未失真。

盘中餐有泪，杯中酒常晕。

竖子算粗鄙，良知且尚存。

遥论天涯事，两眼望近邻。

同城命相远，谁将心比心。

明榜

　　彭兄明榜，黔南人氏，法学博士，京城编审。
五十三岁辞公职，创办"小众书坊"，致力诗歌
出版和诗意生活建设。

　　　　饥寒寓蓬庐，风雨留行迹。
　　　　少小闯山外，赤手披荆杞。
　　　　夷世欲何往，有梦欲谁匹。
　　　　流光任冉冉，自耕两分地。
　　　　俯首织嫁衣，适闲润枯笔。
　　　　万念唯诗心，百年持定力。
　　　　不为名所牵，胡为物所役。
　　　　京都几春秋，深居养清气。
　　　　我距明榜兄，北去三千里。
　　　　书香巧作媒，酒肉焉能替。
　　　　相见即相知，相谈无巨细。
　　　　此情空四海，冥冥会天意。

嘻嘻（赠陶潜）

折腰匪所思，无乃困微弱。

挥汗自衣食，躬耕止下堕。

厚薄一皮囊，易为风雨破。

孰料身后名，端端不可没。

千载徒羡情，劳心转凄恻。

嘻嘻今我来，赠诗以相贺。

何异

斯世尚奢靡，稻粱非福祉。

日月照千秋，穷愁以为耻。

眷我赖青天，百年终一死。

饱食竟无聊，难解恨如此。

今欲凭谁问，秘室拜所赐。

朝夕不自哀，何异纨绔子。

赠内

灯下长兴叹，谨防早白头。
稚子玩心重，弗如请自由。
天性任伸展，江河畅其流。
违拗必有失，壅塞反堪忧。
世间书呆子，徒为书所囚。
纵多白日梦，缥缈不能酬。
信之若兰蕙，差强比蒿蒌。
雨露均福泽，无须费绸缪。
生时还苦短，俯仰几春秋。
烦恼莫预支，相悦何悠悠。

冬至

大木参云天，初生一微茫。

寄言往来客，百年路何长。

青春少悔恨，白发自芬芳。

诗酒不相弃，冰雪不相妨。

时又逢冬至，地气渐回阳。

风流为予决，焉得复心伤。

高咏

荆蛮是我乡，亲亲念何悔。

山川情独深，相望即相慰。

行止路悠悠，欣欣逾百岁。

膏火无复煎，四时扫尘昧。

因故月西流，岂忧天下坠。

夷世多高咏，竹楼赴嘉会。

远村

金秋适我意，远村道道弯。

一路察民情，兼得亲自然。

他乡闻荒芜，此地别有天。

山翠水澄碧，白墙青瓦连。

家家乐耕牧，鸡犬各相安。

人来不外道，四季无闲田。

老者多讲古，礼俗世所传。

幼者皆知学，熟读诗百篇。

睦邻解风谊，卮酒每见欢。

笑言新气象，实乃复千年。

咏竹

江南连江北，地力勿嫌贫。

抑或逢岩石，罅隙自乾坤。

嫩芽烹美味，喜我丰盘飧。

居家诸器用，多拜质更亲。

将身替甲骨，劈简书虫文。

片片照光烛，久久闻清芬。

延请护后院，岂敢负情深。

三三并两两，些些费几金。

底肥既下足，鲜要问殷勤。

四年准报信，五年即成林。

朝露涤铅粉，晚风摇玉音。

流烟取凝碧，凤尾拂纤尘。

生来皆正直，长幼总虚心。

死亦犹抱节，世代守坚贞。

相看本无厌，况且出群伦。

岁寒傲冰雪，谁言不识君。

可以医薄俗，可以养精魂。

何假丹青手，何劳醉中吟。

伐之焉能绝，只消待一春。

天材竟如是，胡为乃复寻。

口占（赠阿博）

2019年季春，时隔十二年，偕妻女西安三日游。
大学同窗阿博再度同游，力尽地主之谊。

欣欣万木春，灼灼野花盛。
人海复同行，十年恍如梦。
君言我经老，我愧君相送。
三日长安客，岂无一诗赠。

车祸

2011 年 7 月 23 日晚 8:30，北京至福州 D301 次动车行至温州双屿路段，与杭州至福州 D3115 次动车追尾，当场死 39 人，伤 200 多人……惊魂一刻，不忍回望！

欲速反不达，此情复何悲。

技高造冤孽，罪责敢问谁。

三十九条命，呜呼一风吹。

山川自长恸，日月泪双垂。

寿焉比金石，怎耐恶常摧。

梦里期来世，来世是还非。

繁华易憔悴，大厦惧倾颓。

得道天相助，失道祸相随。

孤心怀恻隐，往事犹可追。

生乃无价宝，君又能几回。

致敬

旧居在乡下，看门一黄狗。

颈系铃声脆，不肥亦不瘦。

客至起身迎，立定举双手。

岂待分贫富，几时嫌老丑。

默然解人意，无须我开口。

朝朝复暮暮，十年能持久。

寒食

竟日雨霏霏，斜风且劲吹。

冷盘佐清酒，赤心醉几回。

念彼谔谔士，经年愿与违。

犹自争朝夕，庶不明是非。

夜深向天问，此恨应赖谁。

天哭但无语，余亦复悲摧。

代言

1980 年代至 21 世纪初，基层极少数手握权柄者恣意妄为，农民不堪重负，或上访，或以命相搏，恶性涉农事件时见各路媒体。

春种三五亩，风雨还相摧。

秋收几十担，恨不展愁眉。

权杖手中握，心肝明里亏。

农夫气欲绝，敢问你是谁。

将人当牲畜，恣意耍淫威。

胆敢违天道，岂无损德辉。

出门如饿狗，开口即奔雷。

未死身已臭，还生只自肥。

年年看何似，岁岁欲何为。

神州降孽障，清淳使来归。

城墙

春秋转轮毂，日月照寻常。

天地无门户，众生任徜徉。

四海本一家，五洲通走廊。

奈何性偏恶，世代共神伤。

异族同异类，邻邦非友邦。

兄弟竟相戮，嗜欲宁作伥。

人心方寸地，今古独难防。

真若起贼念，能让几堵墙。

晚洲（组诗）

杜甫晚年溯江而上，作《次晚洲》。2018年秋日，余登洲得诗三首。因急归，留遗憾，半月再访，借宿一晚，复记于后。

一

逍遥一神仙，或因爱佳酿。
至此不漫游，仰卧清波上。
朝沐衡岳风，夕闻洞庭浪。
百鸟自来嬉，扁舟老渔唱。
茫茫天地间，默默寄生养。
福耶能避祸，千载竟无恙。

二

千载喜无恙，今世多骚攘。
戚戚得幸存，欣欣令神往。
绸缪偕同志，秋高一寻访。
不道恨迟迟，但凭日朗朗。
汽动船自航，何劳篙与桨。
未必听人说，秀色固堪赏。

三

秀色湘水亲，悠悠出天然。
复乃一何幸，圣手赠诗篇。
几多风雨会，焉能损静妍。
心中无浊气，忘世因自怜。
四季轮流转，千年指顾间。
乾坤若偕老，岂待谁与传。

四

十月艳阳天，处处令神爽。

美人爱山水，胡为亲时尚。

不论行远近，不因名更响。

磊落爱尤深，携子故重访。

古樟遭劫难，今日复珍赏。

白鹭栖无声，繁枝醉清漾。

物类细分数，恕余少标榜。

居者闻童叟，屋宇多空荡。

旋归非所愿，可借一虚敞。

月下茶当酒，闭目听风唱。

祭歌（哭岳母）

岳母向正梅（1922~2014），湖南平江人，一生勤劳，崇尚节俭，待人以宽……

耕织不患贫，衣食不赊欠。
俭以养仁心，积微成千万。
世态转炎凉，人情复感叹。
宽爱连邻里，遭逢皆笑脸。
耄耋福何深，方圆实难见。
手脚称麻利，八旬走针线。
屋后两分地，光整胜书简。
横竖真娱目，勿须谁杜撰。
操持拜殷勤，四季少遗憾。
时蔬乐争宠，芳菲乐争艳。
拾叶扫尘迹，朝夕劳挂念。
诲语唯谆谆，居家重门面。

可奈灯油枯，天地告昏暗。

马年风雨急，两度送医院。

华佗苦术穷，阴阳恨隔断。

至亲无再孝，涕泪飞雪霰。

梦里影踟蹰，任我频呼唤。

惊起仍恍惚，昼夜疑莫辨。

劲节（赠张雄）

祖居在桑植，蓬门对险峰。

寻常耐饥渴，况乃擅田耕。

肩挑百斤担，忽倏百里程。

赶山惊飞鸟，赤脚力未穷。

满满一壶酒，仰面一望空。

区区两碗肉，速速影无踪。

海阔诚难渡，心高气贯虹。

弱冠题金榜，举家乐融融。

毕业赴西藏，热血异凡庸。

但请种桃李，整整七年功。

回湘置株洲，吾渐闻其声。

同城复同事，因故往来通。

四季见清朗，身强贵有恒。

冰雪何足道，衣单惊朔风。

慎微且慎独，朝夕自鸣钟。

人敬言而信，行止鄙盲从。

俯首亲草根，恭和近贤能。
肝胆照日月，智者皆美称。
叶公假君子，此公真好龙。
亦可为师表，亦可为良朋。
巧言多谬赞，斯世少豪雄。
因写萧萧竹，兼赠百尺桐。

江柳

2018 年立冬，阴雨淅淅。此后连日不歇，气温随之陡降，与常年大异。人皆怨，难将息。

时日不淹留，雨来不肯走。

节候至立冬，已告将何有。

一周接一旬，黑夜连白昼。

早晚难操持，体感非独某。

两鬓飞霜雪，谁言真老朽。

单衫固勉强，加带即抖擞。

因携西北风，同看江边柳。

心思人共闲，神气自相耦。

袅袅弄轻烟，翩翩舞长袖。

尚能知怜我，牵衣复牵手。

避暑

昼夜汗如浆，坐立无安宁。

哪得清凉界，免却暑气蒸。

驱车四百里，径直去炎陵。

暂住桃源洞，忽生世外情。

日毒重荫隔，火龙何处行。

冰雪石溪水，幽闲空谷风。

野花共心赏，大木尽天成。

已忘身为患，静虚一羽轻。

薄暮鸟归宿，树上乐争鸣。

人言山有虎，我竟不相逢。

望月

自得集

幽居生寂寞，独处远是非。

宇内谁知己，对饮酒千杯。

年年只相似，兀自发清辉。

空杯

迷惘在歧路，人皆已忘归。

流电一何速，往日焉能追。

智者劳相告，愚者不相随。

惊破多少梦，始知生亦亏。

今宵寒彻骨，莫问我是谁。

灯下独斟酌，酒尽空余杯。

向老

日向花间照，疾走似飞猱。

生年虚过半，镜颜朱未凋。

俯仰或惭愧，倾力止徒劳。

平常好读书，独处不无聊。

兴高还沽酒，豪气干云霄。

有酒即有诗，独酌亦陶陶。

风月能想象，山水必亲交。

安步千里足，哪计起狂飙。

来时何所忆，去也赤条条。

微躯人谁知，青烟代紫毫。

家翁

家翁六十五，未肯离田土。

崽女好相劝，偶尔还动怒。

但言手脚全，焉能当废物。

身闲寝难安，余生一何苦。

邻里以为尊，自觉声名著。

逢人弹老调，饥馑销人骨。

斯人（三首）

一

无端苦爱诗，病起恐难去。
造梦沐清风，意采蓝田玉。
时艰不得法，幽独听天语。
老来何所为，愚亦知千虑。

二

今世结尘缘，还生何足惧。
纵情山水间，无意学鹏举。
经年气不衰，行坐忘时序。
夜深或高咏，自觉与神遇。

三

诗酒两相欢，无酒诗犹苦。

公俸食有余，不减杯中物。

醉醒固难分，身心适寒暑。

宇内存知己，毋求声名著。

恭敬

青春似飞矢，风雨造情性。

法眼看乾坤，赤子主恭敬。

气血今不亏，身心暂无病。

白发吐芬芳，朱颜若酩酊。

金秋何所意，清凉入佳境。

踩歌穷山水，对影行酒令。

琴声

2021年7月适逢换届，余卸去区长一职，晋升二级巡视员，复任命为株洲市审计局局长，因作。

我有琴一具，深藏在寸心。
但知勤拂拭，悠悠忘几春。
今宵续续弹，谁又识幽真。

归林

昔日笼中鸟，欣欣归旧林。
林中何所有，清溪弄鸣琴。
琴声原适韵，远近能不闻。
闻之心如洗，万物自相亲。
亲也无负累，焉得分主宾。

十年

余远现代诗转事旧体诗十余年矣，绝大部分作品出自担任县（区）长八年间（2013~2021）。

一

春去意已决，一日远新诗。
兴高学古韵，犹恨竟迟迟。
难得三五句，好歹不媚时。
心痒既成害，苦也乐在兹。
能解胸襟者，原本非酒卮。
十年负星月，何妨人笑痴。

二

情深固有韵，为诗得其真。
旧瓶装新酒，但顾表予心。
徒然作古奥，面目苦难亲。
若还怨平仄，无乃假殷勤。
今夕知何夕，善哉沐清芬。
或能见灵性，独放一枝春。

三

后学趋风雅，几多问去从。
劳心苦作律，对仗偏难工。
品呷酸还涩，嗟吁意未通。
茫然何所得，日久见平庸。
文章身后事，岂因命不同。
率尔呕心血，无复哭途穷。

第 三 卷

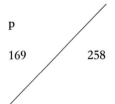

p

169   258

秋兴（八首）

问安

曲岸芦花白，秋高影未寒。
风霜见肝胆，诗酒会神仙。
长去无清恙，闲来问大安。
心通千万里，寥廓望江天。

漫游

四季竞风流，吾生独爱秋。
出门观世界，藏道在心头。
能与物相契，岂因天不酬。
云烟凭眼过，无复问何求。

半醺

人笑一书生，不因年岁更。
山川皆入梦，笔墨别无能。
欲把开心事，写成绝顶松。
凉亭半醺后，但见月流空。

问道

花开焉不败，轮转看苍黄。
江月千年酒，秋风万里霜。
劳心烟火气，回味菜根香。
指顾一生世，人何竟自伤。

自知

安身由冷热，勉力独相持。
万劫难成佛，十年已忘时。
风云扰过客，日月是吾师。
沦落在歧路，焉能不自知。

忘怀

悠悠桂花落，默默菊花开。
往事清还浊，浮云去又来。
几时谙酒性，何者妒诗才。
朝夕尚能饭，炎凉已忘怀。

绝顶

山色遵时令，秋风惜晚妍。
吟诗心不老，及顶人欲仙。
鸟瞰千重浪，神游万里天。
夜来星作伴，相视好谈玄。

归程

俗念千山重，浮生一羽轻。
何妨天有病，哪计水无情。
诗酒穷忧乐，起居埋姓名。
几番风雨后，昼夜急归程。

清谈

一

春秋莫为赏，兰菊不成妍。

问道知何处，违心欲几年。

蝇飞污白壁，蛙噪乱青天。

归去人还笑，徒将岁月捐。

二

深山多野趣，闹市少清欢。

世态经风雨，人情奈暑寒。

积贫能断骨，暴富欲登天。

不见旧诗客，寻常又一年。

风鸢

万里青云志，难为一线牵。
借风方有性，遇雨怕沉渊。
还似重颜面，从来缺肺肝。
翻腾空自许，生死欲谁怜。

寄远

一

牛马躬身易，蚍蜉撼树难。

经霜花寂寞，向晚影蹒跚。

死后谁哀叹，生前不乐观。

今宵可沽酒，醉倒五更天。

二

山风吹酒醒，林海起涛声。

送客黄梅雨，催诗红叶晴。

少年不唯我，枯鬓难再青。

幸有读书癖，好埋旧姓名。

惜春

风乃善行客，云非无欲仙。

一场杏花雨，四处绿杨烟。

零落谁还怨，徘徊影自怜。

归来戴新月，不复问寒暄。

重游

麻辣一锅烫，五粮春醉人。

问秋寻故地，说梦忆清芬。

蜀水长无恙，巴山仁更亲。

诗成不用典，兴会即开心。

流连

山中漫行，遇一处人居遗址，流连半日。

参天枯树冷，坐地野花亲。
山外幽居梦，林中半日心。
流年不可考，人事奈何寻。
顾影忘归去，斜阳共一吟。

饯别

江风悲日落，雾霭觉阴沉。

店小门庭冷，岁寒野菊亲。

有心翻菜谱，无欲对盘飧。

能解胸襟者，独为酒一樽。

南园

蔡世平先生筑室湘阴故里白泥湖南岸，题名"南园读书楼"。

一

人道风流客，归来不少颜。
乡情圆旧梦，别业起林间。
凿井深为上，藏书广结缘。
白云何所意，相约去谈玄。

二

巍巍卜居岭，隐隐洞庭浪。
无意问寒暑，读书登楼上。
岂因名不传，还令我复往。
有竹自来风，四时得清赏。

夜归

四季转双轮，枯枝又见春。
勿劳花织锦，一醉客同心。
归去初更月，高低十里村。
时清喜无贼，夜静不敲门。

玩心

　　2018 年孟秋，吾及友三人驱车出城，前往一小型水库游览。申时许，至库尾，忽逢细雨，意犹未尽。遂步行三四里，沿途五六栋民居大凡七八成新，皆人去楼空。待欲近观细察一屋，但见一黄猫独坐右厢花岗岩大块之上，略显机警，既未发出叫声，亦不逃遁……

　　　幽径通山坳，清凉增几分。
　　　天晴忽细雨，谁肯乱吟身。
　　　远近桑榆老，高低屋宇新。
　　　黄猫识来者，我等非故亲。
　　　有意行多险，入林响更沉。
　　　未闻垂钓者，巧遇牧羊人。
　　　一笑秋风客，迟归月下魂。
　　　城中无奈久，复得识乾坤。

时吟

一

金乌穿细柳，玉兔紧相随。
梦里春秋劫，镜中冰雪摧。
今无扛鼎士，古有望云骓。
往事煮新酒，乾坤同此杯。

二

尘世多纷扰，薄行胆气高。
沽名风烈烈，逐利浪滔滔。
日月唯瞠目，古今齐聚焦。
千秋一过客，谁个夺头标。

恩师

　　恩师欧阳任肩，1939 年生，籍贯湖南平江，湖南师范大学毕业，执教近四十年。今逢八秩，谨以诗赠，兼表诸子心声。

锦绣芙蓉国，春秋日月心。

一生种桃李，万事笑烟云。

情系昼和夜，时尊严亦亲。

未闻诸弟子，酒醉忘师恩。

早春

日照晴烟薄，路从远足新。

清溪犹见瘦，枯树不忧贫。

风过无狂态，鸟鸣送好音。

空山人莫问，芳事欲何寻。

蚂蚱

草晴犹觉冷，寂寞愈秋风。

蹬腿量余力，抬头望远空。

茫茫霜雪至，忽忽命途穷。

梦断凭谁问，长歌恨几重。

偶病

闲居三五日，偶病是非身。

把酒觉无味，经风头欲昏。

梦中闻鹤唳，枕上误阳春。

昼夜纯颠倒，幽明不二分。

瓦松

微躯不盈尺，借势以为材。
草亦奈形似，木犹羞质衰。
神迷空度日，天雨固消灾。
但恨狂飙起，终朝难释怀。

牡丹

骚客倾文藻，丹青意更狂。

无知因障目，附势乃称王。

百草怨千载，九州尊一芳。

南风直言事，未敢欺洛阳。

白发

丝丝照眼明，起坐不安生。
对镜苦难尽，劳心反易增。
终归两鬓满，始觉一身轻。
人海谁知己，秋来解我情。

人物（组诗）

嵇康

癖性真难假，浮名腻更空。
养生非比寿，出世不图功。
朗朗清秋月，亭亭绝顶松。
千山何足慕，独木自葱茏。

包拯

江山自锦绣，日月转阴晴。
赤胆万民伞，青天两袖风。
宁知邦有道，不患世无能。
神武开封府，一刀负盛名。

尊者

夙夜独难寐，忧思谁共商。
苦心宁做鬼，绝意复投江。
水急鱼龙恶，情深日月长。
千秋唯一哭，天下恨无双。

散人

炎蒸苦恨身，无故复劳心。
欲比云中鸟，何如树下荫。
新书翻两页，薄酒打三斤。
山外风尘客，谁知一散人。

流云

漫漫行吟路，茫茫何所求。

沉浮皆似梦，旦夕岂无愁。

碧海存长念，青山忆旧游。

一生在漂泊，人道是风流。

祭歌（哭祖母）

祖母陈桂香，湖南平江人，1917年农历八月十四生，1977年农历五月十八因肺结核去世。百岁诞辰，大孙克胤特于墓前置酒并烧冥钱三包以奉。

一

苦难降人间，焉能不怨天。
高低肺结核，横竖苦愁钱。
慢病遭长罪，大孙哭几年。
泉台一去后，夫复寒暑煎。

196

二

风雨一花甲，想来令鼻酸。

劳心昭日月，忍苦耐饥寒。

欲见孙成器，犹怜儿种田。

经年唯叹息，此恨复何言。

三

青山又一年，老矣墓门烟。

白发酹卮酒，黄昏烧纸钱。

草枯春复绿，梦断夜难眠。

莫奈人间事，些些谁我怜。

答僧

一路花无主，半山云有根。

久睽清净地，终是陌生人。

笑我非同类，为何远俗尘。

但言天欲暮，不觉入林深。

他乡

　　某年孟夏，与代陆自驾游黔东南，夕饮农家前庭，听溪水潺潺，至微酣，解衣光膀，更觉快意！

　　　　驱车去远方，一路赏晴光。
　　　　木屋风情老，山花兴味长。
　　　　叮当小夜曲，踉跄酸鱼汤。
　　　　人道他乡客，前身是楚狂。

冬夜

是夜寒风，狂打窗门，似催诗债，乱我清心。

  负债心难静，三更恨苦吟。

  诗成才两句，头痛已千钧。

  若使神催我，焉能鬼打门。

  晨光知永夜，许作自由身。

岳阳

秋日访友，午后余醺，相携登楼，作诗以记。

雨霁风如洗，天高雁正秋。
远山非旧主，侠客上新楼。
胜状凭谁问，豪情尽自由。
人间多绮梦，今夜荡轻舟。

因缘

秋夜自遣，兼赠内。时年五十又一。

因缘前世劫，道路此生涯。
雁过空留影，风吹鬓有华。
百年犹在望，一日不相差。
且看今宵月，还须何处花。

不送

湘江仍北去，朝日复西沉。
芳草共千里，穷途非一人。
风来知脚力，月出见冰心。
执手当分手，无忧在路津。

宦海

读史，叹宦海沉浮，为古人落泪……

一

苦水知深广，时人怨暗伤。
德高须敛翼，学富莫登堂。
岂不行偷盗，焉能远祸殃。
风流多怨鬼，窃贼假忠良。

二

薰风易犯困，浊世难为人。
未肯从流俗，无非作苦吟。
同僚宁有信，异类不相亲。
几度田园梦，依然罪孽身。

讨薪（组诗）

2011 年小年前一天，偶遇外来务工者无钱回家过年。言及讨薪，双目圆睁……

一

讨薪如顶罪，欠账反抡拳。
拼死亦何奈，还生且自怜。
寒风侵肺腑，长夜卧针毡。
欲问天知否，家中断晚烟。

二

明朝是小年，再去讨工钱。
确定五更起，何妨一日捐。
黑心多噬血，赤手苦无援。
仗义人谁肯，全家拜圣贤。

三

妻儿眼望穿，父母心已寒。
情共三年恨，月分几度圆。
有钱谁不爱，无米鬼都嫌。
空手人归去，如何置一言。

四

有家回不去，无脸话新年。
野灶分微火，愁云罩冷烟。
孤身人寂寞，午夜梦团圆。
满满一壶酒，围炉笑语喧。

同室

昔日西安求学，校纪严，出入限时，幸有课余
扎堆争棋、夜间熄灯争辩、周末赖床争睡等一室
之乐。今以记之，兼赠室友。

南北闻同好，东西问异乡。

既登龙虎榜，都沐桂枝汤。

一室风华梦，八人上下床。

拜师空四海，辩日数千场。

舌战九天浪，气吞万里江。

三斤辩证法，几挺卡宾枪。

猎户设圈套，狐狸失主张。

有闲鬼还急，旷课心更忙。

美女少纠结，残棋多考量。

明争我得手，暗斗谁遭殃。

关羽华容道，林冲白虎堂。

出招恨端慎，眨眼输精光。

迟矣悔何用，愤然语不详。

起身犹苦笑，顿足但无妨。

间时比贪睡，过午须逞强。

阿博打开水，小平饲饿狼。

馒头爱咸菜，包子胜单方。

严寒由自可，酷暑奈何将。

懈怠功全弃，呜呼骨已伤。

最终言败者，大抵是猪王。

阔别经年后，长河依旧黄。

青春成逆旅，白发吐芬芳。

诗赠重阳节，情邀兄弟行。

长安明月夜，处处见飞霜。

恕过

书斋藏闹市，恕过不开门。

一室我为大，孤身诗作魂。

有心防日短，无意到更深。

客至毋相扰，高低表谢忱。

砍柴

　　1990 年代以往，吾乡炊事基本靠柴，用煤亦少，遑论液化气，上山砍柴乃苦差事。今非昔比，以诗记之。

岁月欠温饱，乾坤知细微。

解馋拜天赐，有米要柴炊。

年少能劳力，书多不解围。

一心争骨气，十里耀门楣。

偶因光脚去，难免竹签锥。

口水糊泥土，精神当吗啡。

误时苦何补，空腹宜早归。

几日痛堪忍，全家愿勿违。

钱知买煤气，哪得呛烟灰。

今我听天命，乡邻醉蚁醅。

青山见人笑，绿水绕村肥。

往事随风散，些些告与谁。

打工

有勉强留守乡村耕种为业者，言及乡邻进城务工，一番感慨，催人泪下。

弃田亦何苦，故土谁不亲。

一去无寒暑，三年守本真。

倚天缘梦壁，俯首作流民。

目赤日全蚀，影单月半昏。

难求富而贵，怎奈弱还贫。

漫漫云山路，乡思泪满襟。

乞酒（寄太白）

太白斗酒诗百篇，我狂饮后竟无言。不疑情智输太白，或乃酒之异乎哉？

还生不免死，铸错焉能销。
愧作诗家客，即如野外蒿。
年来复拼力，自觉尽无聊。
好酒苦难得，乞君分一瓢。

诗痴

愁云遮日月，淫雨乱阶墀。

怅望情难已，微醺酒不辞。

窗前天已黑，笔下我无诗。

闭目空文藻，开灯岂梦思。

平生耐寂寞，何事计铢锱。

君子美人意，人中莫笑痴。

自得

　　吾入公职三十多年，闲暇时特立独行于山水之间，尤惯夜间沉吟。人羡慕钦敬者有之，欣喜关注者有之，妒忌冷语者亦不少。今作短句以明志。

怀璧原无罪，开襟不染尘。
天心怜赤子，铁血铸青春。
夜入柔肠断，诗从曙色新。
一生聊自得，谁复听风云。

214

清明

回乡所见，多年如此。情何以堪，敢问人子。

流光怜老病，宿草不相疑。

生者在歧路，此情无止期。

天寒风寂寞，魂断雨凄迷。

最苦山中鸟，孤坟夜夜啼。

三赠（组诗）

《中华辞赋》编辑部戴丽娜于 2016 年春节读拙作，来电告知清赏之意，并约稿，以"驱诗坛浊气"。未曾谋面，先有诗寄。

一

所记唯真意，难言白雪篇。
还亏称俊士，几欲访幽兰。
有罪陈年酒，因缘一夕欢。
往来高铁梦，南北为谁牵。

二

湘楚春先至，京畿意可知。
赤心生不悔，青眼笑还痴。
人害风华病，谁题冰雪诗。
今宵无梦寐，窗外月迟迟。

216

三

时闻皆不论，放眼望朝暾。
老大尊其大，青春任几春。
羽毛原自爱，血性岂无存。
踔厉云天外，秋高一猛禽。

夜话（组诗）

生涯

难解一团麻，云烟蔽物华。
求生狼虎豹，惜死蟹鱼虾。
梦打秋风结，情煎谷雨茶。
江边送流水，谁更伤落花。

欲归

信作楚中人，安能误此身。
蹉跎情不死，懵懂酒为尊。
是我亦非我，违心常苦心。
欲归存一念，犹恐乱时闻。

何往

风凉蝴蝶梦，雨送菊花天。
长日连长夜，素心寄素笺。
此身诗弟子，何处酒神仙。
闻道鹏霄上，空无一缕烟。

归去

白发植深根，青春无处寻。
余生几尘劫，万念一诗心。
屋后松筠秀，世间风雨亲。
人来适我意，留与共倾樽。

江边

聚散枝头鸟，阴阳两世人。

相逢唯有梦，即醒不留痕。

念此情何苦，无为酒一樽。

江边问流水，千古劫同心。

野炊

2016 年孟春，气温骤升。是日周末，登九郎山。山下一江，蜿蜒北去。山腰一寺，略嫌冷清。山顶散落几个百吨级巨石，采蕨者三五成群就近野炊。

日照九郎山，云开天地宽。
香风绕古寺，巨石堆谜团。
环顾陌生客，不闻南岳仙。
春来忙采蕨，烟火醉流年。

拾荒

外省来拾荒者，年过六旬，每日走街串巷，夜宿城郊一隅，三年久矣。与之谈，如是说——

冷热不由我，春秋满面灰。
侧身知避让，驼背拾卑微。
生死他乡客，亲疏浊酒杯。
夜深惊犬吠，觉醒梦难追。

履新（赠文才）

怀旧无新事，履新念旧名。

四时分脸谱，今日醉秋风。

橘柚青皮老，蒹葭白发生。

天高舞长练，何处苦相萦。

野梅

隐匿尘嚣外，花开不乞邻。

清香分一瓣，浊世能几人。

我亦深为恨，暮归欲断魂。

劳君今莫笑，梦里复来寻。

笃信

东晋廉吏吴隐之作《酌贪泉诗》，余亦不信有
贪泉一说。

秘室书千卷，围城屋几间。

直言爱佳酿，笃信无贪泉。

滴水能穿石，仰头不愧天。

春秋成万物，犹自学青莲。

漠然

　　耕地或抛荒，或污染，或侵占，人皆视而不见，但闻智者何言——

　　　　人多鬼成患，田少寝难安。
　　　　金玉谁能煮，云烟不可餐。
　　　　何来一同道，偏作如是观。
　　　　满腹经纶者，漠然听此言。

226

画皮

浪荡街边仔，已然座上宾。

牙猪充猛虎，粪土变黄金。

白字捎三个，先生轻几分。

长年骑瞎马，浊气害清樽。

昼夜东西窜，心肝柴火熏。

倒行高亦矮，失血富还贫。

花开都向善，人去不回春。

终老若无悔，了然看此君。

惜剑

泥土埋身骨，烽烟入梦河。
徒然存赤胆，恨不斩沧波。
夜静天无语，时闻鬼唱歌。
偷生一如死，死也奈愁磨。

无端

2015 年 5 月 24 日人民日报微博称，中南大学研三学生姜东身于 5 月 18 日从该校图书馆六楼跳楼身亡，疑因导师杨某为难设障致使姜东身论文答辩未通过……

荷叶正田田，莲花尚未燃。
寒门求学苦，赤子报春难。
一跳双亲泪，终年暮雨天。
江湖多不测，生死恨无端。

悠悠（寄友生）

自
得
集

一

素月自盈亏，无从惹是非。
情知人可笑，哪计意何为。
处处怜芳草，年年话劫灰。
悠悠天下事，莫忘备晨炊。

二

花落已成恨，秋深胡不宁。
飞鸿能避祸，走兽许安生。
日后天难测，今宵月正明。
君当何处去，我欲一身轻。

山洪

山中道不通，泥石走游龙。
偏遇连绵雨，徒淫造化功。
高低同泛滥，进退误从容。
月下闻长叹，神仙技亦穷。

内渍

连日倾盆雨，新城困楚囚。

鱼虾开眼界，欢喜上层楼。

世乱天无过，时危树亦愁。

夜闻星月下，苦笑一扁舟。

入山

焉知风雨急，但见云雾深。
巧遇青衣客，相怜赤子心。
缘悭拼一醉，语涩送斜曛。
言及滔滔者，双双泪满襟。

怅望

中秋夜雨，苦不见月，因怀远。

　　日愁云漫漫，夜苦雨绵绵。
　　酒也无聊甚，惘然一口干。
　　诗成难寄月，时病只由天。
　　坐等三更后，人谁共不眠。

不遇

　　周末驱车回乡下老家看望双亲，下午绕道岳阳城西访友不遇。

　　　绕道凭车力，诚心访近邻。
　　　登楼易作罢，看水难分身。
　　　须念高堂在，但留半日醺。
　　　斜阳仍不遇，归去白头吟。

时恨（送黎平）

黎平大学毕业供职一地近三十载，与我同僚三
年，转之异县。

雾扰星光薄，萤飘湿气沉。

来风摇木叶，无意醉江滨。

时节疑多恨，蛩蝥共苦吟。

问君从此去，念我与谁邻。

山囚

　　有大山深处原住者，世代困守，行走鸟道，
终年劳作，难得温饱；个中滋味，无以言表，唯
借枯笔，诗以草草。

　　　　世外疑无路，山中苦作囚。
　　　　才添子孙乐，又惹风雨愁。
　　　　生不千金骨，死宁万户侯。
　　　　光阴秋几度，鬼哭稻粱谋。

卖关

　　网络爆料高校有导师不仅侵吞国家科研经费，更甚者为难学生、诱导贿赂。吾不信，又奈何。

　　　　千里隔风烟，网烹天下鲜。

　　　　心能通曲直，蚁自逐腥膻。

　　　　叛道非传道，设关真卖关。

　　　　为师果如此，吾意奈何言。

谈玄（寄刘伶）

江流千古恨，能得几时闲。
昨日知何日，芳年不永年。
偷生闻鬼哭，醉死问谁怜。
明心空照月，开口只谈玄。

山居

梦醒有闲日，山居无故人。
层林风染色，碧涧水流云。
鸟自耽歌舞，谁来问古今。
秋高近霜雪，野菊一时亲。

游潭柘寺

2018 年孟冬，是日晴朗，香客寥寥。至正午，余坐一凳欲小憩，五六只灰鸽即从高处飞下，轻轻落于近前，或低头啄地，或抬头望我，久而不去……

一

北上三千里，京都何所求。
不知潭柘寺，兀自抱清幽。
香火随缘起，晴光竞水流。
返车乘暮色，山外几回头。

二

古木撑穹盖，千年造化功。
惊寒草瑟瑟，回暖日瞳瞳。
路远人难至，寺闲鸟亦穷。
山中居不易，奈我手还空。

遇雪

　　地球升温，暖冬倍感沉闷。偶遇雪，转即消，难见儿时情景。

夜半纷纷雪，朝来树树春。
身心久离散，天地复清新。
世短人皆怨，岁穷孰不闻。
未知明日事，且拟出家门。

独酌（寄京龙）

李兄京龙，出生北京，祖籍江苏泰州，吾大学学长，能酒爱诗，现为西北工业大学材料学院教授、博士生导师。

归宿鸟无影，偶闻三两声。
门前桂花落，屋后月玲珑。
欲共夜拼醉，犹怜诗未工。
来风知我意，劝酒止微醒。

匆匆（寄韩伟）

　　韩伟，大学室友，住山东潍坊，距青岛150余公里。2005年夏日，我公差青岛，时紧未许相约谋面。十四年后复往，韩伟如约而至，同游半日，午后即归……

　　　　海风仍猎猎，夏日复炎炎。
　　　　相约至青岛，一同钓夕烟。
　　　　天怜人事急，谁共鸟声闲。
　　　　携手忽分手，心思两怅然。

244

诗缘

2020 年秋杪，赴京访久闻诗名不曾谋面之刘能英。因未先约，我刚抵达，刘即离京。缘悭一面，草拟二章寄意。

一

秋杪天气清，有心赴帝京。
不烦求富贵，只为见能英。
异地性相近，本家诗有名。
迟迟未谋面，起坐意难平。

二

山水数千里，驭风半日程。
随缘先未约，急性即成行。
时见人何在，旋归自不能。
客心聊一醉，暂免道离情。

相见（赠栾驭）

栾驭与我大学同室，西安一别三十一年。2019
年夏日，我过山东东营，转道济南一晤，是夜畅
饮至三更……

久别情何堪，念兹鼻易酸。
一如清梦里，相见黄河边。
意下不拼酒，樽前已忘年。
中宵半轮月，笑看两痴癫。

求友（寄野莽）

野莽，作家，湖北竹溪人。2019 年春日，经夫子聂鑫森牵线，于京城一晤。

一

九州天地分，千里不同春。
荆楚桃花盛，燕京柳色昏。
欲结风流士，还承夫子心。
一线牵南北，无为问路津。

二

文起竹溪水，声名少壮时。
独行朝圣路，爱作打油诗。
智者称君子，愚氓妒玉姿。
旅京三十载，笑我恨来迟。

去来

壬寅开岁本不语，念过往，有遗憾，但无悔，因作短句。

宇内一轻尘，百年托幸存。
有闲即开卷，无事但离群。
难得销魂术，强为拾慧人。
兴高自斟酌，对影复欣欣。

卸任

一

北望洞庭水，南开衡岳云。

千秋流远梦，津口复沉吟。

能不恨头白，苦难换日新。

一朝挂冠去，百里富还贫。

二

经年困职守，行止是还非。

事往人何意，兴来酒一杯。

凉风闻菊淡，清趣识秋肥。

不复尘缨累，诗书尽可为。

得闲

　　卸任待命，二月有余。时近中秋，暑热少减。疫情未除，因不敢出。

一

　　得闲困闹市，笑比差役强。
　　眼见中秋节，心贪一日凉。
　　来风不解热，无酒还牵肠。
　　喜作梦中客，神游至八荒。

二

　　午醉人初醒，犹怜白日长。
　　凭窗因静坐，看鸟为何忙。
　　怕得空调病，难分竹簟凉。
　　奈它秋老虎，不肯过潇湘。

酒歌

一

薄酒惜余醺，未知日已沉。
门前闻犬吠，来者是何人。
地僻原无事，山高不结邻。
若非一轮月，莫道谁识君。

二

天地两悠悠，随缘淡淡秋。
沉吟万里路，自信一家刘。
不见云归岫，何妨雪上头。
风烟雨中寺，诗酒夕阳楼。

送客

黄芦雪满头，初月上银钩。
一去湘江水，平添几许愁。
清宵从此别，何日拟同游。
无复念时恨，悠然下九州。

哭母

慈母患糖尿病多年，虽医得法，然无力逆转，于2021年农历六月二十九仙逝，享年八十。

一去不回头，苦儿强挽留。
拜天能再允，假日过中秋。
糖尿病难治，如来佛亦愁。
清宵空涕泪，厚葬复何求。

哭坟

　　父亲于 2021 年农历腊月初八寿终正寝，享年
八十六岁。依旧俗，入土第三日，不孝上坟培土。

　　　　墓门隔两界，此恨复绵绵。
　　　　有子来培土，无风亦觉寒。
　　　　日长人不见，夜苦梦难圆。
　　　　新岁旋将至，儿孙等过年。

254

恨天

　　双亲仙逝，不隔半年。老屋还新，空无人烟。
春秋轮转，但见谁怜。

　　　　半载戴双孝，儿孙多罪尤。
　　　　灵前心欲裂，梦里泪还流。
　　　　怅望西行鹤，苦闻垄上鸠。
　　　　空空一老屋，四季为谁愁。

大木

势欲九霄外，合围须二人。

孤身成绝景，快意赏流云。

不觉风雷急，也无刀斧侵。

千年观自在，天地共欣欣。

礼赞（组诗）

山茶花

　　山茶花，耐寒，耐旱，素有"花中珍品"之称，花期经冬至来年仲春。

> 情深知地利，日久乐天时。
> 秀出千层碧，世传绝妙词。
> 经冬犹隽迈，得意少矜持。
> 良种宁无性，风流任所之。

栀子花

栀子花，春末夏初始发，花期长达月许。一日山中行见，喜得数句，后足成篇。

从容守贞洁，清逸避喧哗。
雪白看无厌，香薰忆更嘉。
欣逢疑是梦，未嫁一仙葩。
下界犹孤赏，独安此处家。

千年樟

湘江挽洲岛上，千年古樟临水而生，1980年代其主干半边遭火劫烧空却自愈不死，四十年后依然枝繁叶茂。

百尺生毫末，芳香四季春。
偏遭一把火，犹剩半边身。
忍苦轻怜见，传奇得幸存。
往来容细说，世上绝无伦。

第 四 卷

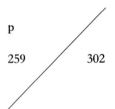

p

259 / 302

杂诗（五十四首）

春梦

壶中春昼一杯尽，月下平流梦自闲。
舟子醒来天已亮，人间才过五千年。

野钓

雨后野塘秋水阔，鸟鸣远近入林深。
欲归还钓黄昏月，不枉空山一片心。

渔歌

酒醒风吹我是谁，夕阳犹醉颤巍巍。
扁舟忘却来时路，星月携游夜不归。

書生

忍苦劳心意欲何，听天催命酒无歌。
身为卒贩能些许，空识英雄恨几多。

诗道

斯人罪过出生晚，佛祖慈悲入道迟。
听任肉身心不死，年来还写断肠诗。

秋问

寂寞无声树影闲，雁归南国菊花天。
风流梦里一头热，月照窗前几度圆。

262

鸟鸣

雪雨绵绵久不晴，忽闻深树鸟孤鸣。
当真欲报春来早，何事空留三两声。

北邙

北邙山上土千堆，大小高低都勒碑。
后世谁来寻旧主，年年寂寞奈风吹。

泽畔

一炷心香代酒卮，美人默默寄哀思。
悠悠泽畔无新鬼，流水滔滔念旧辞。

枇杷

阔叶难遮一树黄，风吹日午满庭芳。
时人不与争时味，静立窗前看鸟忙。

野菊

地偏杂草丛中出，一任风霜下峭寒。
贵贱谁签卖身契，荣枯自在不忧天。

幽兰

世外春秋大不同，空山恨使往来通。
花开浅碧谁争艳，一瓣心香匿草丛。

公鸡

引颈高歌冠照日，挺胸翘尾色尤鲜。
梦中乍醒闻啼鸟，忘了司晨还怨天。

乌鸦

开口人嫌不吉祥，尽遭白眼奈炎凉。
黑衣黑脸凡中鸟，夜半飞升变凤凰。

纸鸢

飘然欲上九重天，两个黄鹂笑纸鸢。
只怕主人真放手，一头栽入烂泥田。

秋风

只管凋零不管开，一声叹息一何哀。
年年如是年年恨，无奈年年还复来。

梦醒

上天厚我养诗魂，辜负韶光血气存。
春日梦随秋夜醒，逢人只道一吟身。

秋晨

云淡风轻曙色新，红光冉冉照千门。
丹枫乌柏八分醉，白发黄芦一径深。

诗味

四月花开自有情，八方心动洛阳城。
年年纵酒歌千曲，诗味何曾滤世风。

楚歌

悠悠日月转双轮，芳草还生春复春。
天许风流谁有幸，楚山楚水楚中人。

新年

诗书有味咀清凉，日月无私问短长。
但看人间争犬马，不闻何处是仙乡。

谢顶

一夜秋风逐转蓬，满山寂寂放光明。
无端最是多情客，指望年来还复生。

怀人

白发萧疏看月圆，微风絮语鸟深眠。
相思人去同千里，未觉秋声又一年。

塞车

梦里通衢走大风，醒来还请读红灯。
神龙首尾不容见，又负韶华半日功。

自题

几多风雨奈天时，秋叶荻花宜采诗。

但喜江湖人不识，老来行坐能自知。

遗嘱

长歌不讳生前过，荒冢难留死后名。

收取炉灰容草草，无关轻重一吹风。

复寄

天散云烟地埋骨，江流日月情何苦。

纵无一梦随春暖，犹有秋风为君舞。

上树

少年上树掏鸟蛋，眼睛不敢朝下看。
或遇心急树摇风，双手泞泞背出汗。

晚归

日落西山风欲乱，远近村烟炊夜饭。
鸟归林色暗生寒，少年驱犊过田塯。

过年

洒扫门庭贴对联，迎新爆竹意无眠。
儿童奔走送恭喜，也赏酥糖也赏钱。

邂逅

云白风清不染尘，深山四月晚来春。
神仙馈赠新醅酒，也醉桃花也醉人。

神偷

沙洲后白水先枯，连日神偷看也无。
月下秋风终不解，是谁饮尽洞庭湖。

独弈

风吹竹舞雪飘飘，执子迟迟不敢敲。
夜半徒闻长叹息，一灯灼灼恨无招。

宰牛

前世无人知际遇，今生劳苦罢田耕。
去皮除骨几斤肉，好下冬闲酒一盅。

杀鸡

敢持雪刃颤巍巍，欲向庖厨学杀鸡。
拔颈毛时心一紧，手松刀落任鸡飞。

放鸭

入得野田人自闲，看书小憩也偷眠。
暮归当路谁都急，鸭子慌忙靠一边。

272

借天

城中苦热日相煎，意向云山借得天。
不问风来何所事，绿荫独坐听潺湲。

惬意

半日山行遇枳篱，犹闻流水出林溪。
不劳掬起洗头脸，顿觉清凉沁入脾。

得幸

寻常生死天无意，过往烟云各苦心。
犹记山中能煮酒，春秋不使俗尘侵。

采蜜

不比梅花踏雪开，满园桃李晚登台。

春风意下多劳力，特遣游蜂采蜜来。

题石

千秋历历奈何凭，意在深山竟莫能。

一夜神州多富贵，黄金万两买文明。

咏梅

游蜂不见几时来，千里冰封草木哀。

一缕春风能借得，百花肯待我先开。

寻秋

十里荷塘见冷清，一时天地恨无情。
风来长叹复相问，野菊摇头不作声。

学画

大师指点铁成金，捷径无须用力拼。
画虎不精专画鬼，风流天下一时新。

为诗

果为冰雪自知寒，不是沉吟不吐肝。
梦断三更复坐起，寻思还欲叩天关。

嫦娥

幽闭蟾宫寂寞深，时闻长夜送哀音。
乘风我欲去专访，天竟浪言无此人。

中秋

夜送微风处处香，人间赏月望情长。
孰闻天上神仙酒，饮却一觞少一觞。

哭歌

夜台一去阴阳隔，天奈我何日苦情。
不信相逢唯有梦，年年涕泪也无凭。

游蜂

油菜花开似锦屏，晴光远近一时称。

游蜂纷至采花蜜，却不知花甚姓名。

蚊子

宵小还生都作恶，贼心嗜血不嫌贫。

秋风长叹无长计，天下何冤共此君。

病猫

三餐腹胀意昏昏，鼠贼横行习不闻。

梦里醒来遭齿啮，一声凄厉苦何深。

宝剑

身经百战不寻常，赫赫威名震一方。
万两黄金行大道，浪言有请菜刀帮。

同胞

一去无由竟草草，有生未见梧桐老。
天怜风雨乱红尘，怎奈同胞不同保。

老朽

玄鬓经霜自得天，多情不死能无酒。
诗中细数尘中事，谁识云山一老朽。

278

生肖（三首）

鼠

昼夜匆匆竞不眠，既偷也抢闹翻天。
年来欲上蓬莱岛，一日修成一散仙。

虎

两个瞳仁似吊灯，景阳冈上寻武松。
一声长啸震天地，暮霭沉沉四望空。

龙

自当来去兴风雨，何事甘为一苦囚。
万顷波涛成大象，小溪只配养泥鳅。

寄月（组诗）

　　天地之间，千年万年。清者自清，怜者自怜。
中秋不见，奈向谁言？

一

　　澄明四海宁无信，千古才情不用猜。
回报人间错欢喜，今宵浩荡恨迟来。

二

　　三更漠漠虫声乱，绰约清姿不得见。
可许诗人借问天，痴心何事空留怨。

三

浊气自缘陈腐起，清流只让高寒来。

等闲云雾能遮面，风待何时一镜开。

短歌（组诗）

一

天地茫茫何处路，春归苦恨花辞树。
游蜂一日哭迟来，痛惜流光空眷顾。

二

落木风中瑟瑟寒，暗蛩窗外声声切。
青山无奈生白茅，月下何人赏秋雪。

三

眼前风月似新裁，往日烟云空挂怀。
今夜举杯犹自醉，明朝落魄又何哀。

四

娘去复悲爷不在，经年儿亦苦形骸。
情长信使天垂佑，难敌黄尘扑面来。

五

名如毒饵利如刀，伤肺伤肝伤五焦。
闻道神仙难置信，常因争看复哓哓。

六

一副皮囊气消尽，不捐蝼蚁火来烧。
十年后问百家姓，天下何人忆尔曹。

大妹（组诗）

大妹冰雪聪明，人见怜，四岁夭，时我亦垂髫
之年。

一

暮春犹记嗖嗖冷，兄随父母去田耕。
晚归汝卧摇篮里，呼吸幽微脸色青。

二

请来医者叹无计，一屋哀哉听哭声。
恨绝阎王唤汝去，生生断我兄妹情。

三

可怜天妒汝聪明，坠入幽冥尚弱龄。
父母伤心似刀割，为兄梦里久无晴。

四

昨宵犹记喜相逢，老屋如初才点灯。
见面难为汝不识，为兄已作白头翁。

五

生死由天天若解，天知顾汝路千程。
经霜两鬓应同我，笑看儿孙绕膝行。

六

四十八年空念汝，为兄长恨水长东。

如何今夜两行泪，滑到嘴边苦更浓。

忆昔（组诗一）

余六岁学插田，七岁学砍柴，十七岁考入西北工业大学材料科学与工程系。

一

人间万事未曾谙，年少哪知行路难。
早晚无忧唯口腹，诗书恨不济三餐。

二

高低曲直路何长，出入山中当自强。
日暮归来人笑我，读书郎作砍柴郎。

三

春急五更去插秧，朦胧星月两如霜。
冻酸脚杆浑无觉，不若寻常怕蚂蟥。

四

抢收抢种汗如浆，烈日相煎皮外伤。
腰断眼昏上田塝，还生最爱是阴凉。

五

门对青山日子长，荷花不见菊花黄。
后坡屋面茅生菌，怕赶秋风十里场。

六

寒暑无情好炼钢，一朝成器醉琼浆。

少年骑梦走天下，不怕身如扁担长。

忆昔（组诗二）

西安求学期间，不怕考试，唯忧断餐，曾因伙食费难接续，两次向同学借钱救急。

一

车厢堪比罐头盒，欲坐不能行更难。
人到郑州车要换，两天两晚过潼关。

二

九月西安忽觉凉，风光入眼异荆湘。
古城欲建新城貌，到处开挖取土方。

三

八方来见喜同窗，各转乡音许勉强。
星月更深听夜话，几回舌剑对唇枪。

四

不似快棋闪电光，摊开试卷恨茫茫。
前排兄弟频搔首，小纸条难救急荒。

五

街头也欲逛郎当，周末时闻不赖床。
省却两毛钱午饭，一毛凉粉已先尝。

六

双亲偶尔亦回信，字句寥寥纸一张。
但问身高与温饱，蝇头小楷带骄阳。

忆昔（组诗三）

1988年7月毕业分配到湖南株洲331厂，1997年8月调至株洲市某机关。

一

青春不忍说离伤，南下株洲自一方。
北望汨罗江水浅，他乡权作是吾乡。

二

初来试学写文章，外赚稿酬书满床。
莫道思亲空对月，半程车票几天粮。

三

黄云阡陌晚风凉，一日到家如愿偿。
爷喜中秋同看月，娘忙里外罗酒浆。

四

得意风光路正长，难为婚娶苦彷徨。
芙蓉秀色乱青眼，欲作主时无主张。

五

春花灼灼请留芳，墙外不如墙内香。
笑我离开董家墩，折腰只为几间房。

六

清宵灯下一头霜，琐事经年犹放光。

斫取些些炼成句，且供人看且供藏。

株洲（组诗）

徐家桥

热风狂起造新城，不意时违苦自生。
四百年身毁一旦，后人有幸枉知名。

徐家桥，亦地名。桥为独拱石桥，建于明代，毁于 20 世纪末。

石峰山

石峰山下一江流，日不休来夜不休。
倒影青山流不去，偏偏红叶恨离舟。

梧桐树

沿街十里碧梧桐，今日犹存几弟兄。

听任秋风来打劫，难防刀斧不相攻。

古桑洲

了却因缘了却愁，谁人参透古桑洲。

耳边风雨千秋过，独坐江心看水流。

资福寺

千年古寺香火熏，莫奈一朝战火焚。

易地重开难静气，喧嚣正对南大门。

资福寺，建于梁武帝时期，1918年毁于战乱，1998年易地重建。

董家塅

凤凰山上耍流云，不觉归来醉夕曛。

一路秋风犹问我，十年春梦向谁吟。

董家塅，株洲 331 厂所在地，今属株洲市芦淞区。

时闻（组诗）

2022 年 1 月 28 日，江苏徐州丰县铁链女事件成为网上热搜。2 月 17 日新华网报道，江苏省委省政府决定成立调查组展开全面调查……

一

风吹南国杨柳新，千里传闻怕较真。
盛世何人还造孽，清宵苦我复沉吟。

二

帝王乡梓越千年，今日扬名因铁链。
买得青春一把锁，不分昼夜关猪圈。

三

一朝噩梦日惊魂，女子谁家敢出门。
尘世劫波犹未尽，苍天不语怨难伸。

四

连日热搜谁惧冷，网民协力复陈情。
冰消百草自春色，苦女何时见太清。

自得集

辛丑（组诗）

母亲夏末西去，父亲腊月紧随，临走均无征兆。

一

人前不道心何苦，但恨春归听夜乌。

未入新秋天骤冷，风来吹冻一平湖。

二

慈母无奈已先行，严父追随似旋风。

半载儿孙戴双孝，山川复觉日凄清。

三

有子营生长在外，不该造孽送终迟。
早知偷得阎王簿，多与天年共一时。

四

双亲在时身不孤，双亲不在家何处。
伤心已告墓门关，殊恩难报一抔土。

五

我宁短命三五年，喜得高堂福寿添。
我命还长无再奉，高堂一去空自怜。

六

青山莽莽水悠悠，一日寒心何所求。
愿得来生天上住，使无复恨九泉幽。

第 五 卷

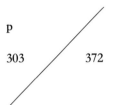

p

303 372

不惑

时年已逾不惑，偏来学写旧诗。众人多言痴顽，我自姑妄听之。

秋意新装一壶酒，兴高独酌也风流。
行年不惑听花语，古调初弹去近忧。
且让诸生翻眼看，偏从夫子入山游。
行程哪计拼终老，天地无愁奈我愁。

废居

2011 年正月初四，天已放晴，与茶林兄踏雪山中，见一老屋颓败，屋后菜地及门前耕田均废，应知弃有年矣。

废居自是寻常物，突兀眼前人复惊。
残瓦不堪飘欲坠，断梁岂止恨无承。
草披老井情难抑，夕照空山鸟更鸣。
瑞雪丰年夸旧事，野田何意闹春耕。

游园

赏樱花遇急雨，人即散，余不去……

四月樱花迷醉眼，八方游客聚浓云。

风清何往皆无忌，雨急先来不让人。

众散纷纷作苦相，余归默默湿微身。

有心道出其中味，惆怅或输一字贫。

"公宴"

当年公款吃喝风，今日念及，犹不堪言。

一

不问苍生不问天，寻常无忌浪无边。
今宵粪土三千担，昨日烟云十万元。
眼放绿光非饿饭，鲸开血口为贪馋。
人间极乐神仙会，醉死春秋又一年。

二

兴酣自爱腹便便，头脚飘飘半个仙。
我掷千金无我恨，谁知百姓有谁怜。
临窗江月聋而哑，不夜楼台醉欲眠。
四季如常添景致，花开依旧笑丰年。

308

诗人

年年风雨自相侵，世外桃源恨不真。

翻悔镜前羞白发，也曾月下拾青春。

无他止痛安眠药，解那排山倒海心。

老去天怜还有梦，时闻勤勉作诗人。

无题（四首）

一

白昼长明万盏灯，依然雾里看昏蒙。
穿墙硕鼠交高手，说梦酣猫赚美名。
强弩谁怜猛禽死，坚冰犹怨芳草生。
神仙胯下多歧路，何处通衢走大风。

二

多少豪情怨暗伤，满城声色信由缰。
神归地狱才思过，鬼入天堂总怕光。
无病蹙眉装有病，黑帮变脸作红帮。
滔滔不尽长江水，难比人间泪更长。

310

三

布谷声声日见愁，空山寂寂月如钩。
依稀若辨人神鬼，惶恐哪堪风马牛。
四处龙蛇同怅望，万般生死寄东流。
忍抛零落伤心事，不问风云几度秋。

四

风云照例无常态，日月经行又一年。
滚滚寒流天不管，萧萧落木梦依然。
圣人莫奈常人恶，河水能知海水咸。
旨酒千杯待谁饮，时闻有客夜难眠。

春秋

但见春花满地红，勿期秋树避衰容。

和风拂面谁生厌，冷雨揪心各不同。

梦里英雄归寂寞，笼中虎豹笑平庸。

一朝回首天犹恨，辜负流年影几重。

世相

罪身还逊一微尘，强论毫厘苦论斤。

梦里惊心无药治，人前变态待谁亲。

折腰日久真顽疾，失血其多假热忱。

菩萨清宵求庇佑，明朝既出复伤神。

内涝

小城酷似大花园，狂雨连宵竟未眠。
车陷长街都惹祸，犬游深海半成仙。
鱼儿上岸直通户，舟子摇头苦恨天。
日月寻思犹不解，风云何事又蒙冤。

游江

2018年暮春，偕友匆匆游览湖南夫夷江崀山风景区至新宁县城段。江湾喜见野鸭嬉戏，江上多有蜻蜓飞舞。途中遥望将军石、老虎山诸景点，皆栩栩如生，神韵十足。

夫夷江映白云天，半日匆匆拟作闲。
碧水湾逢野鸭子，黑蜻蜓搭顺风船。
将军招饮能无酒，老虎贪眠不计年。
难解人间少乐事，归来只觉膏火煎。

出院

平生梦想难登月，数日风寒易损颜。
对镜唏嘘勿敢认，转身落寞又谁怜。
药能祛病非长策，时不讳医苦枉然。
天地怀仁罪由我，一朝出院两相欢。

庸医

行走江湖竟日忙，由来作孽命还长。

装神弄鬼施妖术，昧眼欺心画处方。

背上生疮先去胆，颅中出血急开膛。

妄言天下病能治，不见人间哭夕阳。

问僧

江河泛滥鱼虾贱，道路崎岖草木秋。

前世埋名真剑客，余生作意老书虫。

无从镜里花堪折，耐可心中梦不同。

一觉沉酣随酒醒，明朝何处沐清风。

相鼠

地伯皮毛怕霜冻，夜猴筋骨恨炎蒸。

偷生还苦万年臭，不死即贪四海惊。

铁壁磨牙频试探，粉墙无甚漫穿行。

喜闻稻粟千重浪，好与乌圆暗结盟。

寄赠（十六首）

流年（寄吴杰）

月明中夜笑弯弯，自在风吹点点寒。

十里蛙声争鼓噪，一壶春酒醉江南。

花开犹恐时来晚，觉醒谁知梦易酸。

不见青山送流水，年年寂寞自年年。

常来（寄建斌）

木动秋声天下闻，衡阳雁去楚云深。

诗情不解人情薄，霜鬓奈无玄鬓亲。

身后是非宁有信，眼前祸福实难分。

幽居想见山中味，得空常来共一樽。

德报（寄华槿）

有闲不去学竽笙，偏爱匆匆脚底风。
秋问秋花宁似我，春归春梦总无凭。
身轻踏雪心犹热，夜静吟诗气更清。
漫说雄才成大道，往来赚得影随形。

归居（寄谢真）

山居日久见精神，两鬓霜花四季春。
论酒他年多任性，倾情何处少知音。
心随风舞云相约，诗共鸟吟人更亲。
不待谁来分寂寞，寻常十里自芳邻。

客居（寄龙文）

欲醉丹枫我不言，秋来无病要谁怜。

既知人有七宗罪，但看何为半个仙。

性野行藏能入俗，地偏乡酒乱谈天。

每逢笑问他乡客，昨夜还曾自在眠。

从容（赠朱江）

诗酒相亲添意趣，往来日月照边城。

感知春暖难同步，转送秋凉自有风。

何处仙乡容我在，百年劫难看谁雄。

琴心千曲经千度，不问苍茫梦几重。

儒生（赠伟军）

伟军新晋去炎陵，欣喜之余复怆情。
酒罢樽前还说甚，晚归月下独吟风。
数年同事两江水，暇日从游万里程。
问我老来何所忆，青葱时见一儒生。

有约（寄同窗）

天地无忧梦无忌，青春有幸书有缘。
同窗不恨常相忆，见面何为喜欲癫。
聚散一朝晴转雨，东西各处苦还酸。
十年后约清秋节，再饮琼浆倚月眠。

重阳（寄易军）

酒醒红尘问古今，多情谁恨自由身。
蒿莱逐日成衰草，松柏经霜亦美人。
无病宁知天佑我，有诗能不先寄君。
重阳可与登山去，花鸟欣欣共一樽。

独行（寄建怀）

独行不怕世人轻，一任天涯路几程。
春色雨中增妩媚，秋山雾里更空灵。
江流万古谁无恨，酒饮千杯自有名。
见惯往来多攘攘，喜闻书卷慰平生。

诗心（寄宁宇）

春风秋雨总相宜，春月秋花看入迷。
野果三餐请为饭，闲云一片裁作衣。
倾情只怕青山老，弄笔无求旷世稀。
过往匆匆终不悔，铅华褪尽我谁欺。

劫后（寄厚生）

落日依依映彩霞，晚风清唱过田家。
黄鹂欲报春无秀，白鹭应知鬓有华。
拔剑舔伤连我痛，衔杯顾影待谁夸。
青山劫后还余梦，好种桑麻好种瓜。

白眼（寄嗣宗）

兰抱芳馨谁自弃，春秋枉过意相违。
青云逐梦多罹祸，白眼惊时不奉陪。
值遇穷途催涕下，何如沉醉任风吹。
一声长啸穿林壑，千古犹闻是也非。

风语（寄诸生）

日月匆匆经眼过，春秋默默奈人何。
死犹留恨生千劫，命不由天梦儿多。
忍看流星空落泪，但将热血苦劳歌。
夜深静坐听风语，细品声声耐琢磨。

如何（寄仲则）

仙佛未成犹自可，山河万里尚胸罗。

招来白眼书无用，枯尽青丝恨已多。

看世间情论斤两，裁冰雪句寄烟波。

一壶浊酒难为醉，夜梦唏嘘意欲何。

一笑（寄定庵）

黄芦梦里头先白，红蓼江汀惊雁来。

独坐问天天忘我，晚归醉酒酒怜才。

生如蝼蚁生无忌，气冲霄汉气易衰。

千古悠悠皆草草，世间何者笑尘埋。

暮春

出城独钓野塘西，日照林中布谷啼。

顷刻天阴怕风急，通身汗冷见云低。

收竿无奈倾盆雨，笑我浑同落水鸡。

人道暮春常恶搞，归来细审不谁欺。

高中

时年十七，余考入西北工业大学材料科学与工程系，父母引以为豪，乡邻皆来致贺。

刘家有子适年少，省却劳劳父母心。

对弈唱歌人不让，寻招问计鬼还亲。

放牛时得耕田术，逃课者拿奖学金。

十里乡邻来致酒，诗书无意笑寒门。

陈情

一任寻常日月心，此身未及入空门。
真流汗血真修道，亦弄风烟亦论文。
路有冤魂能不见，时无侠客苦相寻。
年年欲说新鲜事，今夜孤灯听直陈。

二月

又是人间二月天，客船江上赋新篇。

莺歌春色声声巧，雨弄风情处处烟。

吞吐自由心不死，寒煊何致病相怜。

会当击水三千里，几个书生笑醉仙。

答客

一

霏霏淫雨助阴霾，只道春天开小差。
窗外风云容细品，世间冷暖不难猜。
一杯薄酒穿喉过，万里晴光入梦来。
抖擞精神看长物，百花杀尽又何哀。

二

世间风雨任东西，人后人前不我欺。
止渴望梅难取信，充饥画饼复存疑。
行游四海背包客，笑说当年败局棋。
天若有情蒙眷顾，弗辞朝暮两依依。

卖艺

常见城市街头有瞽目者卖艺，尽心尽力，不暇休息。然过往驻足者寥寥，其一日所得无几。

过客匆匆不经眼，飘萍无奈有谁怜。

街头卖艺餐风露，桥下栖身避暑寒。

梦断琴丝空落泪，光明世界苦沉渊。

寻常一日遥相望，流水长年送夕烟。

闻道

柏叶枫枝碧有无，秋风劲舞蓼花枯。
自斟自饮知真味，何去何从是正途。
一度难为一剑客，一心只做一耕夫。
岁中闻道如添寿，长此躬行不乞书。

畅饮

诸子欣欣结宿缘，秋来郊外品悠闲。

座中拘礼谁争席，月下开怀我抢先。

生死天怜酒无过，行藏自主醉余欢。

难为不负清光好，暂作空山老少年。

夜耕

春色满园容易老，当年问道愧争先。

菊香已许风霜恶，日落方知天地宽。

一统江山仍笑我，余生寂寞岂无边。

心中事置孤灯下，孺子牛耕午夜田。

大树

平生不待见谁人，家住云山长寿村。

天地几时哀命短，春秋何事话忧深。

离乡背井远清梦，断臂去头残老根。

一代风流从此逝，一朝忍死鸟伤心。

不醉

饮者平生兴味浓，闹时但与静时同。
举杯可免开尊口，使性还称拜下风。
岂奈矫情因示弱，本该惜命不争雄。
杏花村里寻常客，未见人前卧醉丛。

习诗

生来不是神仙骨，世态炎凉自了然。

春种秋收聊胜意，东奔西走岂无言。

吟诗不似风华病，醉酒只因辞令鲜。

一任匆匆云水逝，但留佳句佐清欢。

喜赠

　　深秋闻明榜兄继创办实体书店小众书坊后于北京雍和宫附近新开一店——雍和书庭，深感不易，作诗以赠。

京城漠漠偶相逢，小众书坊入眼青。
礼奉诗歌如请佛，何期天地令知名。
岁寒花发香多冷，酒醒神清我独行。
得悉雍和宫一事，即从店主问详情。

劝饮

蔫蔫秋风知称意，荆天楚地照婵娟。

举杯已落刘郎后，率性无妨阮氏前。

聚首竹林非渴饮，栖身草野不空谈。

七分清醒三分醉，梦里悠悠各自闲。

夫妻

　　一对夫妻，捕鱼为生，吃住船上，少有登岸，辛苦备尝。言及江河污染，鱼虾锐减，一脸迷惘……

　　　　卖断青春赎不回，一年生计奈些微。
　　　　狂风拍浪宜空想，细雨宽心不早归。
　　　　说梦何时人已老，降龙百尺意成灰。
　　　　扁舟日夜长相守，暮色苍茫趁野炊。

342

迟迟

月色溶溶醉夜风，君山一日欲辞行。

搜肠苦恨诗书少，说甚难凭口齿清。

时奈人前真不忍，哪堪别后再相逢。

千杯有意强留客，因故迟迟过洞庭。

孤魂

不求身后名千古，十足风流发楚音。
赤子心追明月梦，独行客乃苦吟身。
目光欲比星光远，清气难凭浊气熏。
肯使天容情不老，救时无计一孤魂。

"大师"

时有号称"大师"者，终为世人所弃。

长夜难眠不肯闲，朝来欺世看狂癫。
云中画梦堪称绝，舌底生春总在先。
赤手放言医百病，青蛙踢腿跨三川。
传媒吹鼓倾余力，万里风沙共九天。

画骨

漫漫江湖浊亦深，九州难解问何人。

清宵胆大蛇吞象，白日心虚鬼打门。

再拜神前求去路，旋归故里修祖坟。

徒闻过往皆成恨，不觉匆匆步后尘。

五更

缪斯音讯总难凭，送走三更复五更。

枯笔无聊犹抱恨，孤灯负疚倍伤情。

鸟鸣窗外催天晓，雾起何时犯月明。

抛掷清光因自苦，谁怜白首一诗翁。

秋行

清凉最爱菊花鲜，远近风光意在闲。
楚客途中寄烟雨，滕王阁上看河山。
有心道景人人急，无酒吟诗句句酸。
众散余留伴孤影，迟归犹醉夕阳天。

四月

何须挂碍着衣单，快意人间四月天。

梅子时黄酸不改，石榴未醒梦依然。

是晴是雨有今日，无病无灾忘旧年。

水远山高能管得，清风佐酒亦心欢。

天怜

20世纪50年代末至70年代末，中国农村温饱难求，缺食死人事件时有发生。吾乡虽得地利，亦未幸免。

生涯不避风和雨，一饱难求哭上苍。
尚有糠糜随命薄，能无野菜比猪强。
日长徒恨神无主，夜静谁怜鼠绕床。
佳讯亦曾传梦里，喜夸鱼肉润枯肠。

不争

旧时，乡里行土葬，多集于一山。偶有上下高低之争，余笑而作答。

凡世微躯多罪孽，终消一去化为尘。
生前轻重劳谁问，死后高低笑耳闻。
羞与闲人争琐碎，幸无山鬼闹纠纷。
曾经天下今安在，高祖何时怨子孙。

何奈

秋影沉沉叹转蓬，邻家有子问前程。

北漂人笑空谈梦，南下风吹固守穷。

怎奈多情仍莫奈，可能绝后又何能。

恨将亲养寄流水，一夜无眠到五更。

焰火

2011年秋夜，焰火晚会，女儿困于校，然心向往之，课间发来短信，有"原来焰火用来听"一句。

入夜全城忙庆典，湘江两岸喜盈盈。

万枚花炮空余响，千米苍穹自照明。

不把诗丝拿去煮，怎知焰火用来听。

女儿短信传佳句，人道青葱见性灵。

空山

空山深处绝尘埃，午夜风清月满怀。
雾已追崇云水去，酒因放纵性情来。
行藏有味知谁恨，生死无疑竟日猜。
四海游方众兄弟，不谙世故复何哀。

疾行

余不热衷运动，至不惑始坚持每日疾行十里。近年体检各项指标正常，唯血糖偏高，愈觉此举不可废，并告同侪。

放眼红尘谁例外，一场生死费辛劳。
上天怜见无灵药，他日哀歌折玉箫。
所喜居安睡眠足，唯忧坐久血糖高。
疾行十里如中用，哪计青山笑我曹。

不堪

2009 年，江南连月暴雨，天不开眼，城市内涝严重；西南地区遭逢百年一遇极旱，人畜缺饮。

不堪连月风云乱，难怪人间直怨天。

小巷亦掀三尺浪，通衢能走万吨船。

闻他赤地苦难尽，恨此狂魔夜未眠。

若道诸神真给力，重云从速调西南。

苍蝇

时值隆冬，窗外天寒地冻，室内暖气融融。余伏案沉吟，苦不得句。忽来一苍蝇上下翻飞，嗡嗡有声，疑是缪斯眷怜，派使者神助我也。

风摇窗外树知寒，千里冰封腊月天。
已忘多时未谋面，不因陋室总投缘。
低飞自请松筋骨，静坐权当习道禅。
欢喜有心来作伴，神思助我构新篇。

窗前

初秋天气，幽居沉吟，半日只得一句。抬头放眼窗外，但见栾树花开，蜂蝶往来，一派生机，木鱼脑袋忽通灵犀。

窗前秋色信孰传，栾树花开自不言。
彩蝶蓝裙来访问，野蜂赤脚避猜嫌。
诗思苦笑半瓢饮，画境平添一眼泉。
漫道韶光赖枯坐，时闻楚客有天怜。

访问

岁值隆冬，我带队访贫，遇一户两男。其在县城从事防盗窗安装业务，同年先后坠地致瘫，四时卧床不起，生活无法自理，妻皆离家出走不复返，留下幼儿老母艰难度日……

白墙红瓦隐山林，两个壮男成废人。

一日伤残生亦死，三年泪水梦无痕。

访贫来者千金口，济困去时杯水心。

指望腊梅不相弃，房前屋后报新春。

秋园

高风直起扫乾坤，过境不言秋已深。
柳色昏昏还说梦，藕塘瑟瑟岂无根。
傲霜白菊抬头笑，喷火紫薇看日新。
蜂蝶或因时令转，复来此处觅知音。

抗疫

2020 年春，新冠病毒肆虐全球，前期中国武汉遭遇尤甚。

一

时报江城日月昏，情同海内自惊魂。
苦心其奈须千虑，禁足宁为少一春。
风过窗台分窒郁，寒侵午夜共人邻。
杜鹃还似常年语，何故今朝不忍闻。

二

病毒汹汹面目新，年来谁笑苦中吟。
群楼默默高姿态，大道空空几弟昆。
寄语九天情不寐，宅居半月腿难伸。
星光照亮今宵梦，可待明朝去踏春。

361

雪痛

雪落街衢，一日即污。若知如此，不该当初。

周遭但见风云乱，一路翻飞惜瘦身。
未去山林寻鸟迹，偏来市井压嚣尘。
高低暂喜新开面，旦夕难将复怆神。
欲请回天重抖擞，告天无奈天不闻。

362

岳翁

　　岳翁陈正启（1920~2010），湖南平江人。一生简朴，以道养身。仁心好施，声名四邻。古稀学骑，访友购物。时人称美，百岁无虑。庚寅中秋，犹见如常。不日绊倒，脑部重创。未及一月，挥手西航。

　　养年有道堪称最，长寿原非在九旬。
　　出入单车夸老壮，高低十里羡乡邻。
　　中秋朗照团圆月，寒露悲歌祭祀门。
　　怜我今生无再奉，凄然涕下不儿孙。

沉船

2015 年 6 月 1 日晚，"东方之星"豪华客轮行至长江湖北石首段遇龙卷风倾覆，四百多名乘客身亡，其中大多为六十岁至八十岁老人。

相邀江上浪仙踪，一路欢歌兴意浓。
谁料人间天作恶，命悬午夜龙卷风。
沉船处见神何在，溺水时怜力不从。
北斗无言空落泪，涛声依旧自西东。

性命

2015 年 8 月 12 日晚 11 时 20 分左右，天津滨海新区瑞海国际物流有限公司所属危险品仓库发生爆炸，总能量约为 450 吨 TNT 当量，造成 165 人遇难，8 人失踪，798 人受伤，直接经济损失近 70 亿元。

满城灯火三更夜，巨响腾空震破天。
梦断无端惊永别，魂归有泪待谁怜。
春秋默默身为患，日月匆匆各计年。
何事太平天下纪，人间道不尽辛酸。

风寒

　　迫近元旦，中风寒，住院治疗。第四日，吊完六瓶药水，已过午时，昏睡醒来忽觉精神几许，饿意难忍……

　　小小风寒不怨天，且留病榻度新年。
　　针针见血丈夫气，日日贪眠半醉仙。
　　午后腹空因节食，樽前梦醒欲加餐。
　　急叫一笼热包子，连吞六个始谦谦。

元旦

是夜独坐，检点半生，遂有此作，兼赠诗友及同僚人等。

斗室乾坤灯照耀，新年回首笑刘郎。

无聊不作非非想，得意曾偷棒棒糖。

逾午槿花知日短，经霜红叶奈风狂。

若能忘却伤情水，哪管人间为甚忙。

367

立春

诗田昨夜余惆怅，犹欠东君一小章。

早起沿江听鸟叫，转思寻句共谁商。

瞳瞳日照悠悠水，淡淡风吹点点黄。

细看柳丝三五遍，方知美意出清狂。

巨石

巨石纷纷走出大山，成为庭院或街头一道道风景。有诗为证。

无父无君无姓氏，寄居丘壑有年庚。
一朝遭劫嚣尘路，何处安魂处子情。
乘羽补天原不悔，骑牛填海恐难凭。
奈他商贾夸身价，强向人间买美名。

归来

妻子陈伟华乃同村人氏，2021 年 10 月退休。作诗以供一笑。

归来万事皆如意，起坐寻常两不疑。

惜福但无谁见责，安身自有命相依。

姜盐茶饮家乡味，柴火饭香土话题。

天地未曾亏过往，情深哪计日偏西。

父亲

父亲刘赐文（1936~2021），所在村落，独姓一刘，烟瘾大，不好酒；教子甚严，务求高标；为人正道，不赶风潮；耄耋之年，头发半白，耳顺目明，牙能嚼豆。

笃信苍天有眼睛，也谈稼穑也谈兵。
香烟上瘾三更味，薄酒无心二两情。
棍棒缄言曾霹雳，春秋圆梦忘年庚。
独门姓氏一轮月，朗照清风垄上行。

母亲

　　母亲潘翠英（1942~2021），慈悲为怀，教
子唯亲；持家勤俭，屋不积尘；拜神敬天，邻里
为尊。

　　轮转春秋笑百年，往来风雨信由天。
　　龙蛇都认儿孙福，贫富但余香火钱。
　　昼洗夜缝新日子，荤煎素炒老炊烟。
　　仁心比海深千尺，门对青山不羡仙。

"三新"路

诗主性情，出乃心声。矫揉造作，自缚手脚，则失之弥远。写作现代诗，我始终遵循真诚、明朗、简约、健康之原则。转入旧体诗写作亦秉承这一原则，笔调写实，既不屑作大声壮语，也无意举妙悟绝尘，坚持我手写我心。除此之外，追求"三新"。

何谓"三新"？

一曰新韵。所押之韵尽依现代汉语拼音。句中平仄或有违拗，以不害意为上。

二曰新语。多采现代口语，摄现代诗营养，力戒生僻晦涩，自作古奥，但求从容晓畅，平白易懂。

几不用典，偶有所见，亦为世人熟知。

三曰新事。取材近前，着眼世象纷繁之现代社会，探索新天地，发现新事物，展示新趣味，诠释新理念。

我于旧体诗写作十年有余，外狐野道，乐在其中。今去粗糙，结集付梓，既为告别，亦为启程。所不变者，乃在"三新"。

自得集

二〇二二年

图书在版编目（CIP）数据

自得集 / 刘克胤著 . -- 北京 : 当代世界出版
社 , 2023. 8
ISBN 978-7-5090-1651-0

Ⅰ . ①自… Ⅱ . ①刘… Ⅲ . ①古体诗—诗集—中国—
当代 Ⅳ . ① I227.7

中国版本图书馆 CIP 数据核字 (2022) 第 235457 号

书　　名：自得集
作　　者：刘克胤 / 著
出 版 社：当代世界出版社
地　　址：北京市东城区地安门东大街 70-9 号
邮　　编：100009
监　　制：吕　辉
选题策划：彭明榜
责任编辑：高　冉
装帧设计：北京小众雅集文化传媒有限公司
编务电话：（010）83907528
发行电话：（010）83908410（传真）
　　　　　13601274970
　　　　　18611107149
　　　　　13521909533
经　　销：新华书店
印　　刷：北京精彩世纪印刷科技有限公司
开　　本：889 毫米 ×1194 毫米　1/32
印　　张：12.25
字　　数：100 千字
版　　次：2023 年 8 月第 1 版
印　　次：2023 年 8 月第 1 次
书　　号：ISBN 978-7-5090-1651-0
定　　价：88.00 元